奎文萃珍

剪燈餘話

[明] 李昌祺 撰

文物出版社

圖書在版編目（CIP）數據

剪燈餘話 / (明) 李昌祺撰. -- 北京 : 文物出版社, 2024. 9. -- (奎文萃珍 / 鄧占平主編). -- ISBN 978-7-5010-8508-8

Ⅰ. I242.1

中國國家版本館CIP數據核字第2024M2B647號

奎文萃珍

剪燈餘話 〔明〕李昌祺 撰

主　　編：鄧占平
策　　劃：尚論聰　楊麗麗
責任編輯：李子裔
責任印製：張　麗

出版發行：文物出版社
社　　址：北京市東城區東直門内北小街2號樓
郵　　編：100007
網　　址：http://www.wenwu.com
郵　　箱：wenwu1957@126.com
經　　銷：新華書店
印　　刷：藝堂印刷（天津）有限公司
開　　本：710mm × 1000mm　1/16
印　　張：21
版　　次：2024年9月第1版
印　　次：2024年9月第1次印刷
書　　號：ISBN 978-7-5010-8508-8
定　　價：120.00圓

序　言

瞿佑《剪燈新話》是創作于明初的一部小説集，其雖經正統七年（一四四二）禁毁，但影響極爲廣泛，至朝鮮、日本、越南均有模仿其書而産生的小説集作品。在國内，《剪燈新話》的模仿、續寫之作亦多，如宣德年間有趙弼的《效顰集》，萬曆間有邵景詹的《覓燈因話》等。而在這些繼《剪燈新話》而出的小説集中，《剪燈餘話》是其中影響最大的一種。

《剪燈餘話》四卷，明李昌祺撰。李昌祺，名禎，字昌祺，以字行，號僑庵，廬陵（今江西吉水）人，永樂二年（一四〇四）進士，官至廣西、河南布政使。與《剪燈新話》的作者瞿佑一生命運坎坷不同，李昌祺的人生較爲順遂。其于永樂二年進士及第後，成爲庶吉士，參與編修《永樂大典》。洪熙、正統年間，李昌祺官至河南左布政使，打擊豪强，救灾恤貧，頗有作爲。因而，《剪燈餘話》的思想傾向與《剪燈新話》有所不同。

《剪燈新話》雖然有一定的現實主義色彩，但瞿佑深于文學，頗有詩才，因而在寫作這些故事的時候不免有求新求怪、攝人心目之處。而李昌祺一生以儒學自立，出任地方官時曾兩次奉命賑濟灾民，對民間疾苦和官場黑暗有着直觀的認識，因此其創作《剪燈餘話》，頗有惋惜《剪燈新話》『措辭美而風教少關』之意。李昌祺在《剪燈餘話》中創作的故事，多有針砭時弊、切中現實之作。如卷一《長安夜行録》一篇，其故事梗概來自《本事詩》『鬻餅者妻』條，講述了唐代寧王奪人妻女的罪行，作者以此開篇，并非完全是敷衍唐人小説。明代藩王衆多，這些藩王除對封地内百姓横徵暴斂外，還頗有行事乖張、大悖人倫者，李昌祺以此故事開篇，顯然有諷刺藩王奸邪荒淫之意。又如卷四《泰山御史傳》，大肆誇贊陰司選用忠臣烈士、孝子賢孫之公平有法，顯然這種公平是作者所嚮往的，同時也有借贊揚陰司來諷刺人間的選官制度之意。可以説，較之《剪燈新話》中反映現實的作品，《剪燈餘話》中這類故事更爲迂曲，同時思想内涵也更爲深刻。

當然，因時代和作者觀念所限，《剪燈餘話》中的有些故事體現出的思想觀念在今天是應當被批判的。比如卷二《鸞鸞傳》、卷三《瓊奴傳》，兩篇故事的結局都是女性殉夫，這固然可以理解成作者想借此歌頌愛情的偉大，但這種相似的故事格套重複出現，則不免讓人感到封建觀念對婦女的壓迫。另外，書中還有一些故事屬于作者負才炫技之作，如卷二《田洙遇薛濤聯句記》，記載書生田洙與薛濤鬼魂相遇，二人聯句賦詩，這篇故事的主要篇幅就是二人的聯句，顯然是模仿唐人《游仙窟》的創作，其實并無太多的可讀性。又如卷三《幔亭遇仙録》雖事涉神怪，作者却藉故事中清碧先生之口議論《春秋》三傳，亦非小説之體。這些炫技炫才的作品，由于刻意引入詩詞或作者的議論，可讀性不免受到影響。

《剪燈餘話》有明萬曆中新安黄正位刊本，系與《剪燈新話》合刻。此本刊刻精工，錯字較少，且書中版畫生動美觀，是《剪燈餘話》較好的版本。今據明萬曆中黄正位刻本影印，以供研究者使用。

編者

二〇二四年六月

剪燈餘話序

近時錢塘瞿氏著剪燈新話率皆新奇希異之事人多喜傳而樂道之由是其説盛行于世予友廣西布政使李君昌期於旅寓之次取近代之事得於見聞者彚爲一帙名之曰剪燈餘話予得而觀之初未暇詳也一夕燃巨燭繙閱達旦不寐盡得其事之始終言之次第甚習也一日退食輒與同列語之則皆喜且愕曰邇日必得奇書也何所言之事神異若此耶既而昌期以屬予序夫聖賢之大經大法載之於書

者蓋已家傳人誦有不可斯須去之至於稗官小說百氏之書雖涉於幽冥恠異有足以廣材識資談論者亦所不廢昌期學博而才高其文思之敏贍不啻泉之湧而山之積也故其所著穠麗豐蔚文采爛然讀之者莫不爲之喜見鬚眉而欣然不厭也又何其快哉昌期於予爲姻家且有同年之好因觀是編之作遂爲之序焉

永樂庚子春閏正月下澣翰林侍　讀學士奉訓大夫兼修　國史永豐曾棨書

剪燈餘話目錄

剪燈餘話目錄

剪燈餘話卷之一

廬陵　李昌祺編撰
新安　黄正位訂定

長安夜行錄

洪武初湯公銘之與文公原吉俱以老成練達學問淵源政事文章推重當代未幾而秦邸之國湯公拜右輔文公拜左輔隨從以行時天下太平人物繁庶關中又漢唐故都遺跡俱在二公導翊之暇惟從容於詩酒中臨眺於山川訪古尋幽未嘗相舍一日文

黄鋑

公謂湯公曰漢代諸陵盡在於此吾從幸無按牘之勞且有休退之日登高能賦此其時乎府僚洛陽丞馬期仁對曰長陵安陵陽陵平陵皆在渭北咸陽原上高十二丈百二十七步惟茂陵在興平縣東北十七里高十四丈百四十步其形方正狀類覆斗陵東爲衛將軍青墓又少東爲霍去病墓所謂象祁連山者西北爲公孫弘墓西一里爲李夫人墓山川雄秀與他處異公若欲遊宜先於是且興平去此八十里一日可到二公然之翌日遂往期仁從焉時九月二

十日也暨歸至半途期仁馬乏追公不及因緩轡徐
行不覺暝矣路遥天黑將近二更禽鳥飛鳴狐兔銜
斥心甚恐且畏且行俄而望中隱隱有火光意謂人
家不遠策馬以進至則果民舍也雙戶洞開燈猶未
滅期仁下馬拴于庭樹之上入坐客次良久寂然不
敢叩門惟屢謦欬使其家知之少頃蒼頭自便戶出
問客何來期仁以實告蒼頭唯唯而去未幾主人出
乃一少年韋布脩然狀貌温粹揖客與語言辭簡當
問勞而已茶罷延入中堂規制幽雅可愛花卉芬芳

凡席雅潔坐定少年呼其妻出拜視之國色也年二十餘靚粧常服不屑朱鉛往來於香煙燭影中綽約若仙姝神女期仁私念彼尋常人而妻美若此必恠也亦不敢問逡巡設酒饌杯豆羅列雖不甚豐腆而奇美精緻殆非人間飲食少年相勸意甚殷懃酒半夫妻俱起拜曰公貴人前程遠大某有少懇欲託公以白於世期仁曰子夫婦爲誰所懇者何事少年曰公無恐當以誠告某唐人處此已七百餘年未嘗有至此者今公臨降殆天意歟其白於世必矣期仁曰

顧卒聞之少年羞赧低回欲語既復止其妻曰何害我則言之妾夫開元間長安鬻餅師也讓皇帝爲寧王時建第興慶坊吾家適近王邸妾夫故儒者知有安史之禍隱於餅以自晦妾亦躬操井臼滌器當壚不敢以爲耻也王過見而悅之妾夫不能庇其伉儷遂爲所奪從入邸中妾即以死自誓終日不食竟日不言王使人開諭百端莫之顧也一日召妾託以程姬之疾獲免如此者月餘王無奈何叱遣歸家當時史官既失妾夫婦姓名不復登載惟本事集云唐寧王

宅畔有賣餅者妻美王取之經歲問曰頗憶餅師否召之使見淚下如雨王憫而還之殊不知妾入王宮中首尾只一月而謂經歲妾求歸而得出而謂召之使見王實未嘗問妾亦未嘗召妾夫至也厚誣若此何以堪之而世之騷人墨客有賦餅師婦吟咏妾事者亦皆逞其才思過於形容至有句云當時夫婿輕一諾金屋荼蘼兩迢遞嗚呼回思爾時事出迫奪薰天之勢妾夫尚敢喘息耶今以輕一諾為妾夫罪豈不冤哉所謂有懇託公者此也期仁曰君爾守義實

爲可嘉正須直筆以勵風俗而使之昧昧無聞安得不飲恨於九原而抱痛於百世哉期仁不敏濫以文辭稱當爲子表而出之但恐相傳已久膠於見聞一旦釐正不免人疑願得子姓字以補史氏之缺可乎少年愀然不樂曰若顯余姓名人間則負愧愈無盡矣非所願也期仁曰然則如之何少年曰乞以前所云者辨正足矣期仁復問曰史稱寧王明炳幾先固讓儲副號稱宗英乃亦爲是不道耶少年曰此自其常態尚足怪乎然在當時諸王中最爲讀書好學雖

其負侍恩寵昧於自見然見余拙婦以禮自持終不忍犯其他宗室所爲猶不足道若岐王進膳不設几案令諸妓各捧一器品嘗之申王遇冷不向火寘兩手於妙妓懷中須臾間易數人薛王則刻木爲美人衣之青衣夜宴則設以執燭女樂紛紜歌舞雜遝其燭又特異各欲作狂輙暗如漆事畢復明不知其何術也如此之類難以悉舉無非窮極奢淫滅棄禮義設若墮其手中寧復得出則王之賢又不可不知也

酒罷夫婦各贈一詩其夫詩云

少年十五十六時，隱身下混屠販兒，乍可無嘗坐晦跡，不説有學行，求知四時活計，看壚鏊，八節歡情對酒卮，紫糖旋瀉光滴乳，白麪新和軟截脂，大堪納吉團遮莒，小可充盤圓疊棋，火中幻出不虧鈌，素手纖纖擘日月，漢賢逃難親曾賣後漢趙岐逃難北海賣餅自活，今我和光還自揑，室中萊婦知同調，牕下儒仲敦高節，自從結髮共糟糠，長能舉案供蕨薇，怡怡伉儷真難保，布服荊釵有人悦，樂昌明鏡一朝分，奉倩寸腸中夜絕，内家非是少明眸，外舍寒微

豈好逑　宋明帝宮中大宴裸婦人而觀之皇后以扇障面帝大怒曰外舍寒氣欲共爲樂何得不觀后謝曰外舍之樂雅異於此　寶位鴻圖既云讓柳姿蒲質底須留貧賤只知操井臼凡庸未解事王侯去劒俄然得再合覆流信矣可重收願揮董筆袪疑惑聊爲陳人洗愧羞

其妻詩曰

妾家閥閱本尋常茆屋衡門環堵墻辛勤未暇事粧飾婉娩惟知佩禮章前年嫁得東隣子博學多才貫經史致身弗顯取功名糲餅寧甘混閭里朋

朝日出肆門開童子高僧雜遝來得錢即已隨開[illegible]戶促席相看同舉杯何期忽作韓憑別赴水墜臺心已訣紅蓮到處潔難汙白璧歸來完不缺常代豪華久已亡貞魂萬古抱悲傷煩公一掃荒唐論爲傳梁鴻與孟光

期仁詭之再四收拾囊中少年即命蒼頭道客東廳就榻斯須遠寺鐘歇近村雞唱曙色熹微晨光朧霽開目視之但見身沾露以猶濕馬齕草而未休四顧闃然咸無所覩乃以詩呈二公皆加賞異以爲真得

唐體命刻之郡東以永其傳期仁果以大學陞至翰苑八十九而終遂符遠大之說湯公後守吉安屢爲人道其詳如此云

聽經猿記

盧陵之屬邑吉水有東山焉根盤百里作鎮一方秀麗清奇望之如畫後唐天成間有脩禪師者結草庵于山之絕處樹木蒙密路徑崎嶇曠歲彌年人跡罕至惟樵夫深入時見師坐松下輒有羣鳥銜果集于前師一一取食食訖飛去樵夫問以語人好事者相

率造菴訪之師方鼾睡扑握暖足東坡詩寒窻暖足來扑握蓋兔也伊尼衛床黃山谷詩燒野得伊尼蓋鹿也衆異之競爲除地集材建大蘭若興工之始師召匠戒之曰汝手作人必飲酒食肉此處山神利害不可輕犯如何匠稽應曰請斷葷酒以從事師許之經月餘一匠忽思肉不可忍因下山數日復來政斵削間兩虎踰牆而入立匠者前左右視作哮吼聲其人驚怖師曰必汝犯戒首實爲宜吾當遣去也匠者解腰間布囊付師曰適過酈橋市中賣熟牛食一塊帶來作下飯無他也師曰是矣

黄一木

因截作二段喂虎撫其背曰山子且去言訖虎隱人愈敬之由是金帛之施川匯河輸棟宇粧嚴不日而就既落成師說法以報檀施講演妙義諸天雨花俄而堂下分出五井皆滿貯米麪油鹽菜取以飯衆不欠不餘師曰此五方龍王獻供以濟匱之可名此山曰龍濟寺曰清涼今四井已湮惟一尚在師菴前喬木千章蔽翳雲日樹下盤石坦平師每據之誦經日以爲常有老猿棲樹間潛聽且窺師熟一日師偶出猿下者袈裟取經石上閱之師還遥望見猿踉蹌走去

師不問亦不以告諸僧但心識之曰此已解悟矣明日果有峽州袁秀才來謁師知之請入相見緇衣玄巾風致朴野敘禮竟白師曰遜姓袁字文順峽中人也族大以蕃不樂仕進獨遜有志功名求官輦下明宗胡人暮年昏惑賢士良才莫得而進留滯數年竟無所就有知己者薦爲端州巡官念瘴鄉惡土實不願行彼又勸之曰子蹇困如此尚暇擇地哉不得已挈家抵任未踰年妻妾子女喪盡憔悴一身遂不復仕往來江湖間惟尋山望水謝擾擾於名場問道參

禪談空空於釋部側聞尊宿建大法幢不憚遠來求依淨社攢眉蹙額固非嗜酒之淵明舉手獻推頗類苦吟之賈島如蒙不棄夫復何求即取書一幅呈師乃贊啓也其詞曰

竊以生一拳夢幻之身盖由惡業熟三峽煙霞之路亦自善緣埤雅猨通臂善緣凡居覆載之間悉在輪廻之内恭惟龍濟山主脩公大禪師坐下性融朗月目泯空花衒術數則久過於圖澄逞神通則端逾於杯渡菩提本無樹六祖檀經中偈機鋒肯讓於同袍松

栢摧爲薪（唐音代悲白頭翁詩）泡影等觀於浮世十方瞻仰四衆皈依如遜者天地毫毛山林蹤跡悲來抱樹誰憐悽惻其傷弓窮則投林疇暇從容於擇木無家可返有佛堪依痛茲妻子之淪亡坐此功名之汩没逢人舞劍素非通臂之才過寺題詩忽動歸山之興乾旋坤轉無端變化幾湮沉（孫恪妻袁氏詩）春去秋來管得繁華有枯槁（詩統）伊欲出類而拔萃除非捨望以歸真指示迷途使入涅槃之路引登覺岸遙登般若之舟惟願慈悲和南攝受

師覽畢謂之曰絕好俊才兼通內典辱公不鄙壯觀山門第有一事未便不敢不以相聞遂曰何事伏請見諭師曰公若頂巾束髮在我教謂之沭猴而冠據使削髮披緇在公教謂之儒名墨行若斯二者何以處之遂蹴踖若有慚色久之乃曰但使心向禪宗何妨俗扮願勿以形跡見拘也倘得食巳殘之芋長源自是俗人補未了之經次律豈非道者法門廣大何所不容師曰若公之言眞所謂朝三而暮四者也遂曰何見譏之深也師曰偶然耳遂留之西館俾教行

童遜雖性識聰明文詞敏捷然戲舞跳梁好爲兒態有時跏趺床上以被蒙頭使僧徒禮拜曰此白衣觀音現身也有時箕踞龕中以靛塗面令厨人致敬曰此洪山大聖臨齋也（寺厨至今奉洪山大聖臨齋青面朱髮）或納蛇鉢中謂之降龍或縛猫座下謂之伏虎如此者不一僧頗苦之以白于師師笑曰故態也善視之衆遂不敢言遜亦自若也然山中景物經其題詠者甚衆多不悉錄紀其一二尤者焉

題解空寺

古塔凌空玉筍高斜陽半壓水嘈嘈老禪掩却殘經坐靜聽松聲沸海濤

書方丈

幾曲風琴響暗全亂紅飛墜佛龕前白雲深護高僧榻不與人間俗客眠

送僧出山

松翠侵衣屐印苔杖藜幾度此徘徊山僧忌却山中好去入紅塵莫再來

詠鶴

遠辭華表傍禪關別却浮丘伴懶殘金磬數聲秋日晚雙飛帶得白雲還

贈僧

一瓶一鉢一袈裟幾卷楞嚴到處家坐穩蒲團忘出定滿身香霧墜雲花

布袋和尚

童子牽衣也不管放下布袋打鼾睡縈纏只是貪嗔痴解脱無過戒定慧

毛女圖

衣紉槲葉不須裁蘿月秋懸寶鏡開鶴背幾隨王母去蛾眉曾識祖龍來蟠桃結子三回熟若木爲薪十度摧回首同時金屋伴重泉玉匣葬寒灰

落葉

萬片霜紅照日鮮飛來堦下覆苔磚等閑不遣僧童掃留借山中麂鹿眠

方丈巢燕

花正開雨霽春欲回緝壘成雙到穿簾作對來飛上下上下去又還白門辭王謝出入傍禪關鍾秃

定長廊清晝靜遠近雛學飛呢喃語堪聽棲乎好
畫棟雕梁巢莫保秋去春復來永伴山僧老

山中四景

門逕苔深客到稀遊絲低逐軟紅飛松梢零落飄
金粉童子枝頭曬衲衣
風敲牕竹驚僧定鳥觸殘花墜澗香圓覓半函看
巳了紉針自補舊衣裳
幾點歸鴉幾杵鐘紛紛涼月在孤松清霜夜染千
林樹明月漫山一片紅

十笏房清百衲温名香長是夜深焚道人愛看梅
稍月分付山童莫掩門
師一日忽升堂命侍者召袁秀才來告之曰秀才臘
月三十日到矣遜曰某亦知之師卽唱偈示之曰
萬法千門總是空莫思嘯月更吟風這遭打箇翻
觔斗跳入毘盧覺海中
遜言下大悟亦作二偈以答師
泉石煙霞水木中皮毛雖異性靈同勞師爲說無
生偈悟到無生始是空

萬種嘍囉林大節千般伎倆木巢南儂今踏破三生路有甚禪機更要參唐王縉讀書嵩山有四人携榼來相言自稱巢南林大節孫文蔚石乱高談劇論化爲猿而去

胥訖端坐而化師集大衆曰此人有異汝等不可草草須要諦視僧乃群聚細視則一猿也師始爲說前事衆皆嗟異舉火荼毘之際師親摩其頂曰二百年後還汝受用至宋南渡末有民家婦懷姙將產夢猿入室而誕一男貌與猿肖及長不樂婚娶堅求出家父毋從之送入龍濟爲僧名宗鑿其後道價高重虎

侍後隨變幻神奇不可勝述世稱爲肉身菩薩果能重修梵宇大轉法輪如吉之螺山接待菴永寧橋皆其所建號支雲叢林稱爲支雲鏊禪公有語錄十卷文集四卷其蛇穢說尤行四方迨今龍濟奉爲重開山祖師忌日猶有群虎繞塔之異後人以鏊生時計之正恊脩公所記亦神矣哉

月夜彈琴記

四明烏斯道博洽君子也洪武初除吉安永新知縣到任三日祗謁先聖于邑庠顧見殿楹礎邊隱隱有

人形恠而問之儒士賀仲善進曰此宋譚節婦趙氏影也元下江南此地既歸附文丞相天祥起兵勤王復之未幾劉槃引元兵陷城城中死者大半譚氏一家亦倉卒避難于學節婦匿大成殿亂兵追及見其年少色美欲犯之婦大罵曰吾貴宗女名家婦豈汝犬彘耦哉且吾舅死於汝吾姑又死於汝恨不磔汝肉萬段喂烏鳶吾有死而已豈耦汝犬彘哉兵怒并其懷抱中一歲兒殺之血沁入磚之上自宋元至今磨以砂石煆以烈火愈見明瑩邑人義而祀之烏公

問祠安在仲善導至其所但見鼠穿敗壁苔綉空堦谷變陵遷帳真魂之已遠時殊事異慨老屋之僅存公乃歎曰此吾爲令者之責也乃捐俸新其堂于泮池之上刻其影於石碑之陰仍親作文刊諸廡下讀者爲之毛髪森竦涕泗交頤而節婦之名彰著矣公之子熈字緝之尤尚風槩且精於琴見節婦事喟唶歎慕作貞松操寫之絲桐一夕天空月明夜凉人靜獨坐軒中拂琴拭徽調絃轉軫忽有美姬自外入緝之呵曰何物女子輒此來耶姬斂衽拜曰妾姓鐘名

碧桃宋譚節婦侍兒也主母貞節上帝嘉之已位高仙見蒞南嶽左右魏夫人所享天上之樂矣太上以其影留下界恐人褻慢將命六丁取之藏諸洞天文昌忠孝司言影在孔子禮殿託得其所今必取之未免隨以風雷驚駭宣聖使之衣服冠而坐非其所以重道崇儒也莫若留在人間永為激勸其於世教甚非小補太上可之命玄樞省下酆都令本學地靈常加守護雷部按臨以時稽審今宜司建議以為陰陽之道貴遠嫌疑本學地靈但可外護若其親近宜用舊

人以妾幸無罪戾夙侍教言授以薄職俾敬衛焉但視事以來依棲無所寄寓學宮土地祠猥廁男神甚不便當欲乞於節婦坐側别設一位題曰故侍兒鍾氏神主則身無所苟獲燕雀之栟檬鬼有所歸免魚龍之混雜如蒙矜憫即賜施行緝之許焉因問曰節婦仙居南嶽亦頗至祠中否姬曰不來也自尊公大君子脩葺之後暫一下降是夜萬籟無聲月色如晝主冊臨睨舊鄉人非物是黃塵漬水塊土積蘇不勝令威華表之感因援琴鼓悲風一曲妾聽之凄然髮

淚再落主母顧謂曰汝尚滄溟鬼録無以相尉可取紙筆來妾知言以進郎濡毫集古句七言近體詩二十首以賜鄉擲筆凌空而去緝之曰詩何所在姬曰妾寶之若珙璧元本不可得縱以相付仙書雲篆公亦不能識也但可誦耳宜郎録焉詩曰

花壓欄干春晝長唐溫飛卿　清歌一曲斷君腸唐沈雲卿

雲飛雨散知何處唐溫飛卿　天上人間兩渺茫鼓吹宋邕

已託焦桐傳密意鼓吹胡宿　不將清瑟理霓裳鼓吹宋邕

江南舊事休重省草堂李玉　桃葉桃根盡可傷詩統宋庠

右一

魂歸溟漠魄歸泉三體朱褒　却恨青娥誤少年鼓吹無名氏

自是桃花貪結子唐音王建　只應梅蕊故依然宋陳簡齋

風流肯落他人後唐李白　哀樂猶驚逝水前鼓吹許渾

何事黃昏尚凝睇鼓吹崔珏　孤燈挑盡未成眠唐白樂天

右二

寒蛩唧唧樹蒼蒼三體李涉　城上高樓接大荒唐柳宗元

午夜漏聲催曉箭唐杜甫　六街晴色動秋光鼓吹張泌

滿庭詩景飄紅葉三體崔塗　此地悲風愁白楊唐李白

舞袖弓彎渾忘却屏上畫美人　人間惟有鼠拖腸宋歐陽修

右三

雲想衣裳花想容唐李白　青春已過亂離中唐劉文房

功名富貴若長在唐李白　得喪悲歡盡是空唐溫飛卿

臆裏日光飛野馬鼓吹韓偓　巖前樹色隱房櫳唐王維

身無彩鳳雙飛翼唐李商隱　油壁香車不再逢詩統晏殊

右四

應笑無成返薜蘿唐譚用之　年年惆悵是春過鼓吹羅鄴

時攀芳樹愁花盡唐溫飛卿　寒戀重衾覺夢多唐溫飛卿

桂嶺瘴來雲似墨唐柳宗元蜀江風澹水如羅唐溫飛卿

人生富貴須回首唐薛能世事無幾奈爾何唐司空圖

右五

家在寒塘獨掩扉唐劉文房高情雅澹世間稀唐劉夢得

不將脂粉涴顏色唐杜甫惟恨緇塵染素衣宋陳簡齋

歸目併隨回雁盡唐柳宗元離魂潛逐杜鵑飛鼓吹韋莊

東風吹淚對花落鼓吹趙嘏惆悵朱顏不復歸鼓吹宋邕

右六

有時顛倒着衣裳唐杜甫萬轉千回懶下床唐崔鶯鶯

艷骨已成蘭麝土 唐皮日休 蓬門未識綺羅香 唐秦韜玉

漢朝冠蓋皆陵墓 唐唐彥謙 魏國山河半夕陽 鼓吹李益

滿眼波濤終古事 鼓吹薛逢 離人到此倍堪傷 鼓吹羅鄴

右七

一寸相思一寸灰 唐李商隱 且將團扇暫徘徊 唐王少伯

月明古寺客初到 鼓吹項斯 風靜寒塘花正開 鼓吹劉滄

綠水青山雖是舊 鼓吹耿湋 紅顔白髮遞相催 鼓吹薛逢

無情不似多情苦 草堂晏殊 肯信愁腸日九迴 鼓吹崔魯

右八

形容變盡語音存蘇東坡　地迴難招自古魂鼓吹韓渥

閑結栴條思遠道詩統范鎮　欲書花葉寄朝雲唐李商隱

腸殘夜月人何在鼓吹胡曾　樹蘸蕪香鶴共聞唐陸龜蒙

今日獨經歌舞地三體趙嘏　娟娟霜月冷侵門康伯可詞

右九

風火年年報虜塵唐李嘉祐　每回回首即長嚬唐李羣玉

明眸皓齒今何在唐杜甫　異服殊音不可親唐柳子厚

幾樹好花閑白晝鼓吹吳融　數株殘柳未勝春唐劉禹錫

狂風落盡深紅色唐杜牧之　水遠山長愁殺人三體李遠

右十

絃管遥聽一半悲 唐司空曙 羅衾滴盡淚臙脂 唐伯司司

鳥鳴花落人何在 鼓吹崔珏 節去蜂愁蝶未知 三體鄭谷

鵬上承塵纔一日 三體許渾 雪残鳷鵲亦多時 唐杜甫

緑雲斜嚲金釵墜 草堂晏殊 獨立蒼莁自詠詩 唐杜甫

右十一

煙郊四望夕陽曛 唐陳尚美 世路干戈惜蹔分 唐李商隱

内屋金屏生色畫 唐柳賀 粉霞紅綬藕絲裙 唐李賀

蒹葭淅瀝含秋雨 唐柳宗元 銅雀荒凉鎻暮雲 唐温飛卿

舊業已隨征戰盡唐音 獨留青塚向黃昏唐杜甫

右十二

愁心一倍長離憂三體李端 到處明知是暗投鼓吹鄭谷

雨盡香魂弔書客唐李賀 夜深燈火上樊樓宋劉子翬

山中老宿依然在蘇東坡 檻外長江空自流唐王勃

明月易低人易散蘇東坡 寒鴉飛盡水悠悠三體嚴維

右十三

葉滿苔階杵滿城鼓吹盧弼 登高望遠自傷情唐武元衡

瓊枝璧月春如昨張仲宗詞 冰簟銀床夢不成唐溫飛卿

往事悠悠增浩歎 鼓吹薛能 清愁苒苒帶餘醒 宋蘇子由

豈知一夕秦樓客 唐李義山 腸斷綠荷風雨聲 唐吳商浩

右十四

芙蓉肌肉綠雲鬟 唐音元稹 泣雨傷春翠黛殘 唐王貞白

歌管樓臺人寂寂 宋王介甫 山川龍戰血漫漫 鼓吹胡曾

千年別恨調琴懶 唐譚用之 幾許幽情欲話難 鼓吹薛逢

回首舊遊真是夢 蘇東坡 寒潮惟帶夕陽還 皇甫茂政

右十五

一見清明一改容 鼓吹鄭準 每驚時節恨飄蓬 三体來朋

風塵荏苒音書絕唐杜甫　人物蕭條市井空張泌鼓吹

花裏暗雞催曉月王介甫　野花黃蝶領春風唐王初

玉環飛燕皆塵土辛稼軒　只有襄王憶夢中唐李義山

右十六

處處斜陽草似苔鼓吹韓偓　野塘晴暖獨徘徊鼓吹韓偓

侍臣最有相如渴唐李義山　欲賦慚非宋玉才唐溫飛卿

絃管變成山鳥弄三體李遠　屧廊空信野花埋唐皮日休

情知到處身如寄宋高王洙　莫遣黃金謾作堆鼓吹張楷

右十七

落落踈星滿太清 唐儲光義 寒江近户漫流聲 唐戎昱

長疑好事皆虚事 鼓吹薛能 道是無情還有情 唐劉禹錫

且盡醁醽消積恨 唐紀唐夫 休將文字占時名 唐柳宗元

秋來見月多歸思 唐音雍陶 斜倚薰籠坐到明 唐白樂天

右十八

繞門清槿絕塵埃 鼓吹韓偓 白石蒼蒼半緑苔 鼓吹許渾

酒力漸消風力軟 蘇東坡詞 桃花淨盡菜花開 唐劉夢得

一泓海水杯中瀉 唐李賀 萬里銘旌死後來 鼓吹張祜

世上英雄本無主 唐李賀 爭教紅粉不成灰 張建封妾

右十九

門前不改舊山河唐趙承祐　蓮渚愁紅蕩碧波唐許渾

墜葉飄花難再復唐楊思中　浮雲流水竟如何唐李商隱

魚龍寂寞秋江冷唐杜甫　鴻鴈不來風雨多唐趙承祐

窮巷悄然車馬絕唐杜甫　磬聲深夏出煙蘿唐司空圖

右二十

錄既畢仍指各句之下使細註出某書并作者名氏緝之奇之因曰節婦仙居既已聞命其舅姑夫子抑又如何姬曰天醫傳以玄州不死之膏賜以完形復

體之符一門百口往梯仙國矣曰何謂梯仙姬曰凡初得道者皆送此修行然後漸遷品位猶登梯然故曰梯仙緝之又曰爾何不偕往姬曰緣妾前世爲女醫誤投人藥致損貴胎以故再世罰爲女身以償坐此少緩尚隔兩塵緝之曰然則汝亦良家子乎姬曰妾幼時父母以貧故鬻于趙氏趙故宋宗室也售妾以媵其女女即節婦與妾年相若蒙其憐愛視猶骨肉及歸譚氏妾從行焉時譚方門庭鼎盛珠組蟬聯褥隱綉芙蓉極一時之富貴硯寒金井水灑萬斛之

珠璣所見所聞罔非禮義若長若幼皆擅才華主毋
人聰明賢懿不出閨房雅善歌詞仍工筆札毎有吟
詠録似夫君一覽之餘輙焚其稾葢以非婦人事不
欲使人知也我主君亦英邁夙成風流倜儻文章水
湧倒三峡之詞源議論風生驚四筵之雄辯妾侍左
右飽聞訓言雖在賤微頗習詩禮不幸宋録既訖元
運方興草昧英雄起空憐文相之勤王江山雲霧昏
可恨劉槃之賣國我主毋潔身就死而婢子忍恥偷
生顛沛流離竄伏林莽主恩難報徒懷結草之心女

賈易殞竟作翳桑之鬼物情悪哀歌誰招碧玉喬知之妾名之游魂吾道屬囍難疇葬綠珠石崇妾名之弱骨萬言莫盡大槩若斯不敢久留幽明路異遂去明日緝之白諸父烏公以為詩雖奇妙而怪誕不經不許越兩月一夕緝之被酒不能寢起出軒前縱步挹天香於丹桂翫月影於素娥已而前姬又進拜且言曰妾向所求幸蒙允諾意公仁者見義勇為而側耳踰時未聞施設君子有成人之美何憚而不果乎緝之謂曰吾父弗汝信奈何可取當時無人知者一兩事語我我

白之家君廉幾有證或可就也姬曰記文承相起兵時亦新七大姓皆在勤王之列而我主君與東門張御帶家爲之首城復日人皆相慶獨主母有憂色告主君曰城雖云復戎馬必再來城中之人定遭毒手我夫婦生死未可知萬一不幸惟死而已誓不辱也主君姑爲好言以解之主母不以爲然主君又舉司馬温公語曰天若祚宋必無此事主母搥首長歎數聲取衣裙題詩十首于其上亦古語也

高髻雲鬟宮樣粧杜鴻漸之女嫁來長在舅姑傍唐音

寧知草動風塵起 詩統
墜素翻紅各自傷 詩統 宋祁

右一

雙鬟慵整玉搔頭 唐音
百歲中來不自由 唐杜牧
富貴繁華何處在 詩統
夕陽西下水東流 杏壇吟

右二

夫子紅顏我少年 唐音
從來不省出門前 詩統
于今拋擲長街裏 唐劉禹錫
萬一知心只老天 宋葉紹翁

右三

殘粧滿面淚闌干 鼓吹
鬢亂釵橫特地寒 宋王介甫

不見紅顏空死處 唐白樂天 故園東望路漫漫 三體

右四

潮生滄海野棠春 三體 劒逐驚波玉委塵 唐音

青血化爲原上草 宋馬子才 人生莫作婦人身 唐白樂天

右五

百年世事不勝悲 唐杜甫 大厦元非一木枝 宋王廷珪

慷慨西風淚橫臆 詩統 此心惟有老天知 詩統

右六

血迸金鎗臥鐵衣 鼓吹 江山猶是昔人非 詩統

舊時王謝堂前燕唐劉禹錫更傍誰家門戶飛唐胡

右七

不見人煙空見花三體煙籠寒水月籠沙唐杜牧之

人生自古誰無死宋蔡襄莫怨東風當自嗟宋歐

右八

側垂高髻插金鈿詩統閑過春風六六年詩統

今日亂離俱是夢詩統英雄無策庇嬋娟詩統

右九

起看天地色淒涼宋王介甫塵夢那知鶴夢長鼓吹宋邕

血汙遊魂歸不得唐杜甫新墳空葬舊衣裳鼓吹

右十

主君讀之曰若然吾何恨已而主毋又指所抱兒曰我則死矣如此何主君曰吾固知之付之造物因以一金錢繫之項上天之曰若遇兇人兒以此買命也遂相視泣下沾襟後遇害曰金錢不知所在惟血漬成錢影一枚印兒傷腕觀者不諦視故不知也詩亦惟妾記憶耳若此二事皆世所未知者緝之錄以呈父烏公尚未深信即命騎往文廟取水洗磚而驗焉

則見兒影之傷錢迹宛宛然在衆始驚愕公乃如言題一主設於節婦神座側畔緝之文以酒殽祭之其夕姬來謝曰感君設位兼厚祭儀無以爲報公平生好琴但廣陵散一曲世久失傳妾承教主君尚憶之耳願以相授乃出其譜於袖中付緝之曰公善自愛妾不復來矣倏然而去由是彈琴大進獨步浙中靳秘此曲弗以傳人緝之殁譜亦竟絕焉

何思明遊酆都録

何思明太末人號爛柯樵者通五經尤專於易以性

餘話
卷一
二十九

學自任酷不喜老佛間遇其徒於道輒斥之曰四民之中縱不爲士爲農爲工商豈不可也何至爲是哉著蠡論三篇每篇反覆數千言推明天理辨析異端匡正人心扶植世教其上篇畧曰先儒謂天卽理也以其形體而言謂之天以其主宰而言謂之帝帝卽天天卽帝非蒼蒼之上別有一人宮居室處冕垂旒若世之帝王者此釋老之論也不特此也又有所謂三天九天三十三天三帝九帝十方諸帝何天之多而帝之衆耶由是言之天未免如階級之形帝未

免有割據之爭矣甚者尊漢張道陵爲天師天豈有師乎以宋林氏女爲天妃天果有妃音配乎蓋天者理之所從出聖人法天道陵綏聖亦人鬼耳使天而師之是天乃道陵之不若也林女既歿特遊魂耳使天而妃之是天猶情慾之未忘也烏得爲天哉彼以道陵天師也不敢遠指爲帝而加以師稱所以尊天不知無是理適所以慢天彼以林氏天女也不敢儕以爲鬼而蒙以妃號所以敬天不知爲是說乃所以誣天也誣天慢天罪不容誅矣又謂世之人徒知在

天之天故見日月星辰之光風雨霜露之顯吉與凶天之爲也禍與福天之降也是則然矣然不知有己之天焉己之天即天之天是故丹扃煌煌天之君也靈臺湛湛天之帝也三綱五常炳煥昭晰非日月星辰之光乎禮樂法度明白正大非風雨霜露之教乎己之君與天之君戾則凶也禍也必以類而從天之帝與己之帝合則吉也福也亦以類而至達者信之迵者懵焉冥頑之徒謂天爲不聞造惡自若然心之天則固聞矣僥倖之徒謂天爲可諂滛祀是務然心

之帝已斥之矣庸昧之輩謂帝爲可罔矯誣是爲尋常昧昧也而指天曰此可恃平昔蚩蚩也而怨天曰此罔知每夕焚香不可告者多矣終年素食知而犯者屢焉其持論言近指遠類如此至正丁酉正月初六日偶得疾數日加恙諸生從俗私爲之禱思明知之訓之曰賢輩雖曰讀書而燭理未徹鬼神豈可以徇私人命豈可以紙錢買吾誰欺欺天乎是夜卒獨心下稍煖不敢歛諸生環守之凡七晝夜覺綿動候之鼻中氣勃勃出急搗薑汁灌之良久眼開天明而

呼吸續矣十日始能言乃召弟子告曰一數之太鬼神之著其至矣乎曩吾癖見過毀老釋今致削官減祿幾不能生小子識之門人請其詳思明曰予不語怪固然亦不可不使汝曹知果報之不虛也始吾病革時見兩蒼蠅墮床前視之已變爲人矣青衣黃巾紅抹額揖余曰奉命召君余問誰召其人曰內臺余曰亂雜道梗何由可去且無知已在臺其人曰酆都內臺也余曰吾儒者不知所謂酆都內臺其人怒囊余袋中袋頗綱罟結細繩爲之余坐袋內兩人持之

行樹顛如飛時覺樹梢排袋謖謖有聲既又入空濛
中渺渺茫茫四無畔岸波濤洶湧腥風襲人黄巾挈
囊如履平地余亦不覺有所苦也又半日方有路始
出余袋中押過一所若把截處守者高鼻深目拳髮
胡鬚類囘囘人問黄巾曰何篆對曰朱篆又有二皂
衣引一男子三婦人來守者又問何篆皂衣曰黑篆
守者曰不可不仔細覰觀之各出一牌長可寸半濶
可寸許一朱字一墨字皆不可識守者曰是矣放入
門黄巾偕余遵左廊而行彼則循右廊而去余因問

曰此爲何所曰酆都第一關也余方悟已死復問其所持牌何有朱墨之異曰冥司追人暫至而復出者則以朱永不出者則以墨余不覺失聲曰然則我當復生也黃巾曰雖當復生亦甚費周折余見其頗有相眷之意因晃之曰某此行全賴二公作成黃巾曰自有主者我何能焉行數里入鐵圍城城門守者問如前而加切俄抵臺府黃巾曰公雖無重罪然陰道尚嚴不比人世解索縛余頸牽以入先過冠服司主者令去余衣巾曰送寄自房收余短衣囚首帶索而

行及儀門一黄巾先去項間引五六人出執余以入跪堦下臺尊服章如王者侍衛甚多問余曰爾非潜州儒士何思明乎余曰是也臺尊曰所貴乎儒者上窺鴻濛中法聖智下窮物理闡乾闔坤造耿詰微陶冶精醇豪翕元化究無中有象之蘊妙陰陽動靜之根淵默澄凝以為體翕忽變化以為用出入無方會三於二夫是之謂儒而鬼神莫能窺之矣今爾偏執已見造作文詞謗毁仙真譏訕道佛天至大以階級比之帝至尊以割據戲之妄論天師之號妄辨天妃

之稱其罪大矣且儒書中言天者不一若春秋書天王詩稱俔天之妹昊天其子使皆若爾論天既無師與妃又安得有王有子者乎爾之學誠拘而不通滯而有礙拘則局於一器滯則膠於一隅不通則固陋有礙則鄙僻直俗腐迂謬之士胡可冒儒者之名乎命取何姓簿來於余姓名下以朱筆抹之復傍註之畢省諭曰爾本合為六品官出入華要由爾弗信仙佛誣罔鬼神特降為七品余頓首謝且請改過臺尊曰此人面承腹誹退有後言可令閻獄析服其心數

卒捽余下付黃巾領去省業司中有寶塔一座僧出
塔傍香燭幡幢熒煌羅列黃巾再拜余亦拜僧開塔
取一大珠以金盤盛之黃巾以雙手擎捧前行余隨
之皆幽暗境也余問僧誰乎曰導冥和尚也又問珠何
爲曰地藏王菩薩顆珠也獄中業氣深重賴珠光照
破不爾則鬼王於暗中食人心肝不得出矣於是首
造一獄曰勘治不義之獄以磚砌一長槽滿堆炭火
火上熖爗爗然紅呼罪人跪槽邊出火中鐵條大如
指刺入人眼連十餘貫而吊之如懸槁魚黃巾曰此

男子在世不能恭友兄弟視如秦越輕滅大倫惟重財利受此報也次一獄曰勘治不睦之獄皆婦人老少相雜每人舌上掛一鈎鈎上懸一圓石如西瓜旋轉不已舌出長尺餘痛不可當黃巾指曰此婦人在世不能和順閨門執守婦道使夫家分門割户患若賊讎受此報也東南一獄稍大謂之閻浮總獄九流百姓諸等混雜之人皆在其中不令余入也總獄之北曰剔鏤獄帮人於柱以刀鏤之如篆文持小扇煽之茸茸然動澆以熱醋絕而復甦仍沃以水肉如故

鑊十餘處盡世之兇惡虐害良善者治於此隣剔僂獄曰穢溷獄獄盡大糞池滾沸如　湯臭不可近鬼以長叉叉人下煑之出沒其間頃刻潰爛化爲蛆虫又以竹籬撈蛆於鍋中細炒之炒輙成灰仍潑糞汁灑之復成人亦十餘處余問此治何事黃巾曰此世之小人謗毀君子者治於此巳乃相謂曰不須遍歷直引去那裏看了罷遂出踰百步許入一門榜曰懲戒贓濫之門亦大獄也裸十餘人於地夜叉數輩狀貌獰惡以鐵索牽八九餓鬼來夜叉抽刀於裸者胸

股間割肉寘鍋中煎之以啖餓鬼啖盡又割至餘筋骨而後已少焉業風一吹股體如故又有鐵蛇銅犬咋人血髓叫苦之聲動地皆人間清要之官而招權納賂欺世盜名或於任所陽爲廉潔而陰受苞苴或於鄉里恃其官勢而分付公事凡損人利己之徒皆在其中亦有一二與思明相識者觀畢回省業司納珠還僧赴臺復命臺尊又賜訓曰今當改過毋作昔非若更不悛罪在不赦乃敕黃巾送歸方得去索散行往冠服司取衣服黃巾曰公此相候吾二人去領

符來相送食頃至曰今取捷徑不由舊路矣遂同行出數關中一關新創扁曰蜉蝣把關者知余儒者俾作蜉蝣關銘余請命名之義笑曰凡鬼受生入閻者悉從此出然不久復至猶蜉蝣朝生夕死然余承命撰數語酧之銘曰

有崇者關鎮厚地也有赫其威把關吏也名之蜉蝣精取義也凡厥有生自茲逝也去未踰時旋復至也何殊此蟲一日斃也南閻浮提光陰易也憧憧往來曷少憩也請視斯名悟厥譬也六道四生

是出離也逍遥無方證叨利也舉爲天人關可廢也
敬聽余銘發弘誓也咨爾幽靈守勿替也
把關者喜便放余行至三更行抵家正見身卧地上
燈燃頭邊妻子門人悲啼痛哭黄巾猛一推余不覺
跌入屍内恍然而悟矣其後思明果終知縣所至以
清慎自將並無瑕玷號稱廉潔蓋有所儆云

溧川都轄院志

京口吉復卿唐吉温之後宋建炎間有諱深者補潤
之金壇尉遂爾家焉子孫世爲金壇人以貲雄鄉邑

人呼吉半州家復卿生有異質一目重瞳與眺俊當
室趙得夫姜彥益爲交交莫逆復卿氣豪勇於爲義
三人嘗挾重貲商閩浙間時武林妓蔣秋娘陶玉簫
擅聲樂籍得夫彥益與昵甚厚復卿屢勸止之往來
自若屢二載囊橐一空於是言還再治裝而出買笑
纏頭揮金不吝又期年罄矣二人私議吞貨產業載
以適武林門戶老小皆不德復卿患之百喻莫聽怒
而入閩置酒與别席間若曰規諫曰吾與子既爲深
交安可緘默藥石之箴朋友之責縱人微言輕弗能

感悟二公獨不爲妻子計乎則徘徊應之曰兄言是吾輩知所警矣復卿寓福州生理如意往再三秋纔方返棹比過錢塘首訪二子遇之於途憔悴其形襤褸其服幾不相識握手道左不任唏噓復卿即拉詣舟中易以美衣飲以醇醪慰勞再三情禮交至二人泣數行下曰余惟不用兄言故至於此然悔無及矣所恨煙花潑賤乃大無情吾二人萬金之貲因渠破蕩昨過其門如不相識麾叱使去懼爲巳羞必殺之而後巳復卿解之曰二公平生遨遊花街柳陌中豈不

知彼門庭如此尚奚怨爲人命至重切不可輙興惡
念但早收拾回歸若要本錢此間一二應付古人謂朋
友有通財之義若只啣杯酒遂嬉遊貧窮不相䘏患
難不相顧犬彘將不食其肉尚可謂之人哉於是各
以二萬假之二人挈所得又復過妓者之家妓見其
衣巾整飭顏色光華頗以爲訝欵待如舊復卿促之
同二人給口容略收拾少俟數時萬一有幹宜在先
發復卿曰噫是何言歟我若一去子必不能動身便
一兩月亦須等候豈敢相抛耶無何彥益遇疾卧于

妓家得夫日往扶持亦衆其證未浹旬相繼殞沒復卿往哭盡哀縉衣漆棺殮皆如禮仍刲羊釃酒設祭𨷞殯於靈隱寺僧舍比開冊又携酒殽往奠賦詩悼之詩曰

生死交情不敢虧一杯重奠淚雙垂遊魂好共故人去莫向東風怨子規

人間急景似飛梭枉費黃金買笑歌斷雨殘雲休更念相攜蓮座禮彌陀

秋月春花鬧妓館清風明月寄僧房欲知人世傷

心事渾是南柯夢一場

名花兩朵色偏嬌惆悵看花客去遥總似章臺楊柳樹別人手裏舞長條

泉路茫茫隔死生江湖贏得浪遊名鄰家兒聽妻兒哭斷盡人腸是此聲

舞困歌闌未肯休繁華不為少年留早知白骨無埋處惜取黄金換土丘

畢解纜抵家月餘即走毗陵省其妻子告以物故由述其殯殮之悉又出四萬緡付二家責其族人

焉之經紀使不失所兼慰之曰賢夫骨殖待區區過
我必當取回骨鄉求福地安葬勿慮也已而復鄉果
負遷兩浙獲利十倍躬往靈隱手自啓殯以小木函
貯之帶回無錫山中買地以窆之百需所出皆自復鄉
弁召僧建水陸齋三晝夜以薦冥福清風高誼傳播
江湖閒俄值元末喪亂人咸洶洶復鄉無爲計默坐
于家忽得夫彦益聯袂而來吉公忘其死也欣然相
接彦益曰公燕居深念似有重憂復鄉告以故兩人
同聲曰無妨吾已請命上天今率陰靈衛公宅眷言

一日隱形方悟其死曰爾復卿之家雖出入兵戈中鮮遇驚恐安然如平時至洪武己酉壽八十一無疾而終又二年壬子同縣徐建寅爲四川蒼溪丞於山中見旌旗甲冑從者百餘氣象甚都謂是上司官負立道傍俟其過至則復卿也顧徐曰闊爾哦松此邑久欲一見便下馬敘話問鄉曲及其家事甚詳徐於復卿爲通家子因再拜問曰姻丈謝世以來服已闋矣何得若是復卿云上帝以余薄有陰隲命爲兩川都轄院主者職事尊重全蜀土地社公及不入祀典神祇

悉聽節制前村古宇吾所治也部下判官四今尚缺二員已奏保得夫彦益矣早晚將至于當爲吾脩葺廟貌吾當爲國福祐生靈兒爾少年乍到官守匪吾陰相曷致聲名徐拱手請教吉公曰廉恕兩字符也惟廉可以律身惟恕可以近民廉則心有養恕則民易親民親化行能事畢矣語訖策馬去其疾如飛徐惆然前至村落果有故祠一所峙于山椒詢之鄉老曰此都轄祖公廟也多年頹圮近聞稍稍有人見騶馬導從出入其中頗著靈響老夫輩擬新其棟宇尚

來興工徐丞聞之喜告以見復卿事即勸成之募助其費尊委縣吏鄒忠董其役未幾而完仍揭舊額塑復卿像于堂中肖得夫彥益于東西廡遣人走夔州求太守盛南金文刻碑序公事蹟由是威惠大振利澤昭彰遠近之民水旱疾疫禱輒立應後徐任滿便道過家訪復卿二子元禮元信首及茲事元禮曰余兄弟向夢二人言蒙尊公謬舉爲兩川都轄院判官來日赴程敬詣拜別近有至自毗陵者能言其家亦得夢如此皆莫曉所謂今聞公所說則悟先子之爲

神而於二君亦可謂生死而肉骨者也明年徐再任
往謁于廟則丹碧煒煌於時有糴牲牢酒楮祭日無
虛處村村家家户户祝违今神迹顯著香火不絕云

剪燈餘話卷之二

廬陵　李昌祺　編撰

新安　黄正位　訂定

連理樹記

上官守愚者揚州江都人爲奎章閣授經郎時居順天館東與國史檢討賈虛中爲隣賈柯敬仲友也工詩善畫家藏古琴三張曰瓊瑤音環珮音蓬萊音皆敬仲所鑒定守愚亦雅好吟詠無嗜綠綺與賈交游特厚每休暇過從詩酒琴棋從容竟日賈無嗣止三

女嘗曰吾三女可比三琴遂取琴名名女焉守愚子粹甚清俊聰敏生時人送唐文粹一部故小字粹奴年十歲因遣就賈學賈夫婦愛之如子三女亦視之猶兄弟呼爲粹舍嘗與其幼女蓬萊同讀書學書深相愛重賈妻戲之曰使蓬萊他月得壻如粹舍足矣歸以告守愚曰吾意正然遣媒言議各已許諾粹二人亦私喜不勝不期賈忽罷歸姻事竟弗諧後三年守愚出爲福州治中始至僦居民舍得樓三楹面對街一樓尤清雅問之乃賈氏宅也守愚即日徃訪則

瓊瑤環珮已適人惟蓬萊在室亦許婚林氏矣粹聞之悒怏殊甚蓬萊雖爲父母許他姓然亦非其意也知粹至欲一會而未由彼此時時凝立樓欄相視不能發語蓬萊一日以白練帕裹象棋子擲粹粹接視之上畫緋桃題一詩曰

朱砂顔色瓣重臺曾是劉晨舊看來只好天台雲裏種莫教移近俗人栽

粹識其意然靜而思之彼業已定矣莫如之何亦畫梅花一枝寫詩以復詩曰

王蕊含春捏素羅歲寒心事諒無他縱令肯作仙
郎伴其奈孤山處士何

用絲緉繫琴軫三枚墜之投還蓬萊蓬萊展看有孤山處士之詭知其未已訂盟林氏裏情不自惟悶悶而已未踰時值上元節閩俗放燈甚盛男女縱觀粹察賈氏宅眷必往乃潛伺于其門更深人靜果有女夫舁轎數乘而前蓬萊與母三四輩上轎婢妾追隨相續不絕粹尾其後過十餘街度不得見乃行吟輾傍曰

天遣香街靜處逢銀燈影裏見鸞鴻絲輿亦似蓬
山隔鸞自西飛鶴自東
蓬萊知其粹也欲呼與語訢其所懷而從者紛紜不
敢啓口亦於轎中微吟曰
莫向梅花怨薄情梅花肯負歲寒盟調羹欲問真
消息已許風流宋廣平
粹聽之知其答已梅花之作不覺感歎歸坐樓中念
蓬萊之意雖堅而林氏之聘終不可改乃賦鳳分飛
曲以寄之曰

梧桐凝露鮮飈起五色琅玕夜親洗矯翮蹁躚擬並棲九苞文彩如露綺鸞飛忽作丹山別弄玉簫聲怨嗚咽咫尺秦臺隔弱流瑣窻繡戶空明月飈颸掃尾儀朝陽可憐相望不相將下謫塵寰伴凡鳥不如交頸兩鴛鴦

詩成無便寄去忽買遣婢送荔子一盤來粹詭曰往在都下與蓬萊同學有書數冊未取以此帖呈之俾早送見還也婢不悟是詩持去遞與蓬萊讀之垂泣曰嗟乎郎尚不余諒也乃作龍劍合曲答之示終身

相從之意寫以魚箋瓷寘古文真寶中付婢綠荷曰粹舍取舊所讀詩此是也次持去還之婢送粹所揭之中有箋爛然知必詩也題曰龍劍合曲曲曰

龍劍埋沒獄間久巨靈晝衛鬼夜守蛟螭藏魍魎走精光橫天氣射斗冲玄雲發金鑰主寶稀世有奇姿爍人聲撼牖鵜膏潤鍔鳳刻首龍劍煌新離房靜垂流電舞飛霜影含秋水亦拂鋩罷斂團金寶珠裝司空觀之識其良懸請玉帶間金章紫熖煌煌明瑪瑙星拆中台事豈常逡巡莫敢佳一去

壑渺茫龍鰍盡是龍精瑩如鸊尾搖淸水雄作萬
里別雌傷千古情蹔留塵埃匣何日可合并會當
逐風雷相尋入延平純鈞在捧珌縱然貴重非我
匹我匹久臥潭水雲一雙遥憐兩地分廋山仍越
壑苦辛不可言天遣雷煥兒佩之大澤濆鏗然一
躍同駿奔駭浪驚濤白晝昏始知神物自有耦千
秋萬歲肯離羣

粹讀之曰淸才麗句無婦人女子萎苶之氣宛然李
靑蓮之韻度也是豈尋常庸碌者之妃哉俄而閨中

大疫蓬萊所議林生竟歿賈夫婦知粹未婚乃遣人報守愚求終好守愚欣躍從之六禮既備親迎有期花燭之夕粹與蓬萊相見不啻若仙降也因各賦詩一首以志喜時至正十九年己亥二月八日也粹詩曰

海棠開處燕來時折得東風第一枝鴛枕且酬交頸願魚箋莫賦斷腸詞桃花染帕春先透柳葉蛾眉畫未遲不用同心雙結帶新人元是舊相知

蓬萊詩曰

與君相見即相憐有分終須到底圓舊女壻爲新女壻惡因緣化好因緣秋波淺淺銀燈下春筍纖纖玉鏡前天遣赤繩先繫足從今喚作並頭蓮

蓬萊自入上官之門孝事舅姑恭順夫子一家内外罔不稱賢暇則與粹唱和詩詞娛情琴書平生所作編成一集粹題之曰絮雪藁且爲序於首簡詩與序多不錄姑載一二以傳好事者

閨怨

露顆珠團團冰肌玉劍寒杏梁棲隻燕菱鏡掩孤

鸞殘樹枯黃遍圓荷濕翠乾綉奩生色畫窗下帶愁看

白苧詞二首

茜裙紫袖映猩紅飛絮輕飏桃花風緩歌白苧捧玉鍾嬌音芳韻繞簾櫳梁塵飛墮雲凝空秋波回目蛾掃黛餘聲悠揚欲還在歌歌當聽杯當再綠鬒朱顏能久待

響如蒼玉觸鳴璣蹁躚錦袖紅地衣迴風激雪當世稀飄身按節疾如飛香塵濛濛髮委墜玳筵夜

靜紗燈晦蛟綃濕透臙脂淚

春曉曲

芳池水影薄曲鑑鳥聲嬌鸞鏡紅綿冷蛾眉翠黛銷冶容舒嫩萼幽思結柔條纖指收花露輕將雪粉調

秋夜曲

幽蘭露華重羅幌涼風動冰匣掩香紈繡衾誰與共螢影度踈簾獸爐寒篆煙銀缸芳燄滅自脫翠花鈿

詠蝶

薄翅凝香粉新衣染媚黃風流誰得似兩兩宿花房

謝大姊惠鞋

蓮瓣娟娟遠寄將綉羅猶帶指尖香宮彎着上無行處獨立花陰看鷗行

詠並蒂荔枝

植物生聯蒂應知造化成深閨憔悴質見爾重含情

園中詠菜

滿園綠纖纖芳苗雨後天惟應窮措大咬得寸根甜

粹時才名籍甚當道有欲薦之者蓬萊苦口止之曰今風塵道梗望都下如在天上君豈可舍父母之養而遠赴功名之途乎獨不見王仲孺妻之言曰令孤子伯之貴孰與君之高哉粹然之亦無意於出乃以親老辭次年治中物故又明年爲至正壬寅閩城爲盜所據城中大姓多避匿山谷粹亦挈家遁盜縱跡

得之盡戕其一門留蓬萊一人不殺將以爲妾蓬萊知不免紿盜曰我一家盡死無所於歸將軍縱舍我我亦何以爲生乎願事將軍終身乞埋其故夫然後相從未晚也盜喜從之同至屍所彼佩刀爲掘一坑掘訖植刀於地坐於傍曰吾倦矣吾倦矣目蓬萊使取刀抄土掩之蓬萊即舉刀自刎曰死作一處無恨也盜遽起奪刀已絕咽矣盜怒曰汝死則死我定不教汝死作一處遂埋蓬萊二十步外使兩塚相望其年燕只普化爲福建行省平章乃集諸縣民兵克城

民方復業又數年有同避寇者始備說蓬萊尋平章遣人視之將以禮改葬至則兩墓之上各生一樹相向枝連柯拖糾結不可解使者歸報平章親往視之果不謬乃不敢發但加修葺仍設奠祭焉人呼爲連理塚樹閩人至今稱之不絶

田洙遇薛濤聯句記

五羊田洙字孟沂洪武十七年甲子四月隨父百祿赴蜀成都教官洙清雅有標致書畫琴棋靡所不曉諸生日與嬉遊愛之過於同氣凡遠近名山勝境吟

賞殆遍嘗曰吾平生懶事聲利但長得好處登臨足矣明年秋百祿將遣回洙毋不忍舍乃曰兒來未久柰何使去且官清氈冷路費艱難公宜再思百祿乃謀於諸生之親厚者使開館於人家一則自可讀書進學一則藉俸金爲歸計諸生深幸洙留遂薦於附郭大姓張氏次歲丙寅正月十八日設帳庠序朋好羣送以往張大喜開宴待爲上賓且謂百祿曰令嗣晚間免回可令就宿舍下百祿許之至二月花晨洙解齋歸省偶經一所境甚幽偏山下皆桃樹花方盛

黄一林

開洙愛之少立徘徊忽見桃林中一美人延竚花下洙不敢顧而去爾後經從美人必在門首一日洙過偶遺所得倭金美人命婢拾以還洙洙感激明日詣謝至門丫鬟入報曰前遺金郎來矣請入内廳美人出相見笑問曰君非張運使宅西賓乎洙曰然且謝還金事美人曰張氏一家親戚彼西賓即吾西賓奚謝爲洙起揖曰敢問夫人名閥爲誰與敝東何親美人曰此爲平姓成都故族也妾文孝坊薛氏女嫁平幼子康不幸早卒妾獨孀居坐乆茶至再洙辭出矣

人留之曰今夕且宿寒舍若盡東如君至此而妾不
能爲一款曲惶愧殊甚卽陳酒饌設二席與洙耦坐
坐中勸酧極至語雜諧謔洙以其張氏婣婭不敢少
縱美人曰聞君倜儻俊才雅能賦詠何至作儒生酸
乎妾雖不敏亦頗解吟事今旣遇賞音而高山流水
何惜一奏因盡出其家所藏唐賢遺墨示洙其中元
稹杜牧高駢詩詞手翰尤多皆真跡炳然如新洙玩
之不忍釋手美人麾婢徹去舊俎別出佳殽中多異
味不能識取玻瓈杯酌洙洙卪占一詩曰

路入桃源小洞天亂紅飛處遇嬋娟襄王誤作高唐夢不是陽臺雲雨仙

美人曰佳則佳矣然短章寂寥不足以盡興用落花爲題共聯一首如何洙曰謹如教美人倡曰

韶豔應難挽　芳菲信易凋薛　綴堦紅尚媚洙　委地白仍嬌薛　墜速如辭樹洙　飛遲似戀條薛　蘚鋪新壓綉洙　草疊巧裁綃薛　罷質愁先殞洙　香魂痛莫招薛　燕啣歸故壘洙　蝶逐過危橋薛　黏蛛將墮露洙　衝簾乍起颷薛　遇晴猶有態洙

經雨倍無聊薛　蜂趂低黏絮洙　魚吞細雜薸薛
輕盈珠履踐洙　零亂翠鈿飄薛　鳥過生愁觸洙
兒嬉最怕搖薛　褪英浮雨潤洙　殘蕊漾風潮薛
積逕教童掃洙　沿流倩水漂薛　媚人沾錦瑟洙
淪茗入詩瓢薛　玉貌樓前墜洙　冰容曲裏消薛
芳園曾藉坐洙　長路或迎鑣薛　羅扇姬盛辦洙
筠籬僕護苗薛　折來隨手盡洙　帶處近鬟焦薛
泥涴猶悽惻洙　氈空更寂寥薛　葉濃陰自厚洙
蔕落子偏饒薛　豈必分茵溷洙　寧思上研硝薛

香餘何吝竊洙珮解不煩邀薛治態宜宮額洙痴情妒舞腰薛粧臺休浪拂洙留伴可憐宵薛聯成美人出小箋寫之寫訖夜已一鼓延入寢室自薦枕席魚水歡情極其繾綣枕邊切切叮嚀洙曰慎勿輕言君賢東知之彼此名節喪盡矣次日以卧御玉鎮紙一枚贈洙送至門外曰無事再來勿效薄倖也洙遂紿館東曰老母相念之深必令歸家宿歇不敢留此館東信之洙由是常宿美人所踰半年人莫知者惟賞花玩月舉白弄琴曲盡人間之樂一夕與

洙論詩曰唐人喜作回文近時罕見洙曰儂夫人柔情幽思談笑爲之若予荒鈍無復措辭美人笑曰請試命題以求教益洙遽曰四時詞也美人即賦詩曰

花朶幾枝柔傍砌　柳絲千縷細搖風
霞明半嶺西斜日　月上孤村一樹松

右春

涼回翠簟冰人冷　齒沁清泉夏井寒
香篆裊風青縷縷　紙窗明月白團團

右夏

蘆雪覆汀秋水白　柳風凋樹晚山蒼
孤燈客夢驚空館　獨鴈征書寄遠鄉

右秋

天凍雨寒朝閉戶　雪飛風冷夜關城
鮮紅炭火圍爐煖　淺碧茶甌注茗清

右冬

讀與洙聽洙歎其敏妙將濡毫屬和美人曰正所謂木桃瓊瑤敢望報乎洙答曰眞白雪陽春難爲和耳亦賽四韻曰

芳樹吐花紅過雨　入簾飛絮白驚風
黃添曉色青舒柳　粉落晴香雪覆松
右春
瓜浮甕水涼消暑　藕疊盤氷翠嚼寒
斜石近階穿筍密　小池舒葉出荷團
右夏
殘日絢紅霜葉赤　薄煙籠樹晚林蒼
鸞書寄恨羞封淚　蝶夢驚愁怕念鄉
右秋

風捲雪蓬寒罷釣　月輝霜拆冷敲城
濃香酒泛霞杯滿　淡影梅橫紙帳清

右冬

美人且讀且笑曰絕好妙詞但兩韻俱和則善矣洙曰君子不欲多上人輸一籌耳洙因曰蜀中山水奇勝自昔以來多產佳麗若昭君文君薛濤輩以夫人方之迨亦有優劣乎美人曰昭君遠嫁胡沙卓氏當壚可恥貌美命薄俱受苦辛使子遇薛濤亦不啻於今日也由是言之固爲優矣洙曰濤妓女何敢上擬

夫人但其才貌亦可謂難得者余嘗讀秦再思紀異録云高千里鎮蜀嘗開宴改一字令曰口有似没量斗濤曰川有似三條椽高曰奈何一條曲濤曰相公尚使没量斗窮酒佐三條椽有一條曲又何足怪婦人敏贍誠未易比美人曰子知其然而不知其所以然如此之類特戲笑之語耳若其水國蒹葭夜有霜月寒山色共蒼蒼誰云萬里自今夕離恨杳如寒塞長之作可以伯仲杜牧而尤善製小箋至今蜀人號薛濤箋而子以妓女薄之非知濤者也酒罷就枕沫

靦以八珠耳璫一付美人謝曰謹當佩服猶君子之嘗在耳邊也又踰時洙母病遂輟講歸侍湯藥如此三月餘方愈美人訝其久不來恐有他遇乃作懊惱曲怨之會洙母疾愈復入齋是夕即造平氏美人迎謂曰何久别耶洙以實告美人曰三月不違人今違人三月矣洙戲之曰三月不知肉味知肉味在今夕矣談諧間出前曲示曲洙曰

黑鉛鑄劒難爲鋒　碧芰製衣寧禦風

歡深何膠忽紛解　清塵濁水何由逢

又

請看綠草南園蝶　並宿花房花亦悦

鴛鴦頭白不相離　那學秋胡便長别

又

東隣美女弄玉梭　雪縷鳳機成素羅

雨意雲情肯輕許　縱然折齒將如何

又

深深永巷閒風月　錦帳蘭釭淚如血

血點年深久尚紅　至今洒在同心結

洙愛其才色眷戀愈深美人亦重洙文采傾竭不吝謂洙曰向時聯句未盡高情今夕當輕彈慢舞淺酌微吟再成一首庶見吾二人勍敵也乃以睡鴨爐焚香紅蚪脯薦酒鈎簾望月並坐前楹洙曰昔韓昌黎與孟郊城南聯句鬬雞石鼎秋雨等作宏詞險韻膾炙人口今茲之賦宜命作月夜聯句以五十韻爲率夫人然之否乎美人曰吾意也洙乃請美人先賦曰

庭月如鋪練薛　池星似撒棊洙　天空河影澹薛

節換斗柄移洙　梨棗低垂樹薛　藤羅密蔓離洙

草紛螢火亂薛　榦偃鳥棲欹朱　怪石形疑獸薛

芳花色似娅朱　鬆盆涼沁水薛　紈扇靜搖颸朱

雙陸收骰局薛　琵琶上練絲朱　砌蛩音遠近薛

簷馬響參差朱　銀作彈箏甲薛　鼉爲冒鼓皮朱

秋箔斜織簟薛　暑帳薄裁絺朱　宿燕棲還起薛

驚禽下復疑朱　地幽塵閒寂薛　城遠漏遙遲朱

窈窕來紅拂薛　雍容識紫芝朱　緣深天作合薛

誓重鬼難欺朱　幸已逢良夕薛　難甞遇少時朱

慇懃酬契闊薛　傾倒極淋漓朱　蓮石瑤琴軫薛

荷箇碧酒卮洙　鱠呼能婢斫薛　甁喚小鬟擎洙

殼破開螃蟹薛　螯腥啖蛤蜊洙　菱煩纖手剝薛

肉抜利刀披洙　令急觥行速薛　謳清曲度遲洙

勸酬兼爾汝薛　講論雜呼而洙　冷脆嘗瓜果薛

鹹酸啜醢醯洙　艷杯浮琥珀薛　異器捧玻瓈洙

熊掌停象筯薛　酥湯進客脾洙　渴來便茗好薛

醉後快水宜洙　妙句聯將就薛　狂心坐巳馳洙

歌筵渾可罷薛　臥具早教施洙　不用尋桃葉薛

那須聽竹枝洙　媚人鶯語滑薛　惱醉蝶情痴洙

咳處珠凝唾薛　頻時黛蹙眉沐　釵斜金溜髻薛
釧冷粟生肌沐　小小真能謔薛　盼盼最解詩沐
風流雲雨夢薛　宛轉艷陽詞沐　步緩腰肢裊薛
鬟低昵語私沐　夜香防竊聽薛　午浴避潛窺沐
綉履含羞脫薛　銀燈帶笑吹沐　素羅床畔解薛
粉汗枕前滋沐　暖玉綃籠笋薛　春葱指路錐沐
雲偏鬆綠髮薛　浪颭動青幃沐　伊能堪歸畫薛
嬌顏可療饑沐　襪塵新舞涴薛　鬢膩宿油脂沐
荀鶴高文譽薛　崔鶯絕世姿沐　未誇連帶好薛

只羡並頭奇洙　何處空題葉薛　誰家謾結褵洙

漆膠當自固薛　衽席只余知洙　愼勿萌嫌隙薛

毋令惜別離洙　芝蘭同臭味薛　松柏共矜期洙

永奉閨房樂薛　長陪褚墨嬉洙　太山如作礪薛

此志莫敎虧洙

或曰洙館東偶過泮宮因勸百祿曰令嗣每日一歸不勝甬侚俾之仍宿寓舍豈不更益百祿曰從開館之後一向只寓公家前者因其冊病暫輟一季爾後並不曾回何言之謬也張大駭不敢盡其辭而出是

晚洙果告歸張潛使人視其所往及半途不復見矣走

報張急遣人入城問百樣無有也意其少年放逸

必宿花柳然思此處又無妓館大以爲怪次日洙來

張問曰昨宵宿於何處曰家間耳張曰非也某已令

人縱迹先生莫測所詣學中亦不見洙誑曰因過一

朋友處談話良久抵家暮矣張知其詐呼追洙僕使

面證之洙叱曰汝到吾家隨即出城比吾歸汝已去

矣何得妄言僕曰我昨夜宿先生家今日早飯罷方

回老廣文亦甚驚訝要自來相尋洙窘甚顏色陡變

張曰先生如有私眷當以實告勿隱也洙弗能諱乃具道本末且愧謝曰此令親見留非賤子輒敢無禮張曰吾家何嘗有親戚在此兼無諸姊妹亦無事乎姓者必　祟也今當自愛不宜復往洙唯唯抵暮私詣美人道此意比至美人已知曰郎勿怨蓋冥數盡於此也與洙痛飲且叙歡情戒曉美人說洙曰從此永別後會難期無以將意乃出灑墨玉筆管一枝為貺云此唐物也郎慎藏之遂飲泣而別張料洙是夕必再去自出覘之果不在館因入謂其妻曰西賓此事

不可不使其父母知之乃以沫所爲備告百祿百祿大怒呼歸杖之沫遂吐實且出所得玉鎮紙玉筆管及聯句諸詩百祿取視管上刻渤海高氏文房清玩乃謂張曰物既稀奇詩又俊逸必非尋常怪也呼沫同往窮之將近遥指曰在此至則迥非前景屋宇俱無但水碧山青桃株依舊張謂百祿曰是矣此地相傳唐妓薛濤所瘞後人因鄭谷蜀中詩有小桃花繞薛濤墳之句遂種桃百株爲春遊賞之所賢郎佳遇必濤也且所謂嫁平幼子庚者乃平康巷也文孝坊

者城中亦無此額而文與孝合爲教字謂教坊也教坊唐妓女所居濤爲蜀樂妓故居教坊也非濤而誰哉況筦上字刻高氏清玩則唐西川節度使高駢千里所貯當駢鎮蜀濤於諸妓中最蒙寵侍筆與鎮紙皆駢賜也無所藏諸帖又駢與元丞相杜紫微最多蓋元與杜嘗有詩贈之即錦江膩滑蛾眉秀幻出文君與薛濤是也其爲濤之靈無疑而物出於駢者審矣無庸深究百餘誌以爲然然恐其終爲所惑急遣還廣中寶藏數物常以示人後二年沫亦入學爲生

貢中洪武甲戌進士授山東曹縣知縣竟亦無他長

青城舞劒錄

至正間有道士真本無文固虛不知何許人客歲順王門下通劒術曉兵深於智畧號文武才王雖畜之未始奇也惟樊口衛君美重之一日王遊別苑召二人侍因從容諷曰方今天下太平日久極盛而豊在大王觀之固以爲高枕肆志之日惟聲色狗馬是務焉知其他在愚輩觀之盖有甚不然者官稟老而昏奇氏寵而横哈麻雪七之徒又以演揲兒法蠱惑君

餘話 卷二
二十二

心賄賂公行是非顛倒天變於上而不悟民困於下而不知武備弗脩朝政廢弛小人恣肆君子伏藏殆猶一髮之引千鈞禍在旦夕甚可畏也蘇老所謂有亂之萌無亂之形是謂將亂大王朝廷懿親江漢藩屏宜求賢納士選將練兵節用儲財陰爲之備萬一風塵草動寰宇土崩即便指麾義旅率先赴難上以紓君父之急下以盡臣子之心克復神州光膺舊物然後奉身而退口不言功懇請歸蘇世守南紀使執筆之臣書爲大元宗英秘在金匱垂之萬年豈不韙哉

豈不盛哉王怪之曰爾非病風狂痴耶何言之不倫如是吾將執爾送縣官矣二人嘿然而退計曰腐骨殘肉魂亡神耗者尚可教以有爲哉盍求豪傑者而佐之豎子不足謀矣不去禍且至於是題詩於黃鶴樓而遁之本無詩曰

平生智畧滿胸中　劍拂秋霜氣吐虹
恥掉蘇秦三寸舌　要將事業佐英雄

固虛成詩二首曰

膽氣堂堂七尺軀　壯心肯作腐儒迂

橋邊黃石徒爲爾　自有龍韜一卷書

又

芙蓉出匣照寒鋩　上帶仇家血影光

前席早知無用處　錯將豪傑待君王

王知而求之隱矣未幾亂作悉如所言至正乙未倪文俊陷沔陽威順之子報恩奴與湖南元帥阿思藍水陸並進討之至漢川水淺膠舟文俊用火筏燒船報恩奴遇害思之百計覓二人不能得陳友諒聞其往來光黃間具書禮請之不至翩然入蜀既而明玉

珍據四川素聞二人名物色不可得迨天朝既平群寇四海一家君表兄君彥爲西充縣丞君羨往省候之回途舟敗同船之人盡葬魚腹獨君羨得一板浪滾及岸因而不死然行李盡纏一時俱盡偶腰間碎銀數星在急投近岸民家覓火燎衣買食充腹躑躅徬徨計無所出民家翁視其辭貌知非常人頗善待之留數日因出縱步忽二道士前揖曰衛君一寒如此哉視之直交二故人也告以困苦之狀曰無憂也挾往歸家則青城山也高墻華屋深院幽房蒼頭

數人列侍左右俎豆備水陸之珍歌舞極聲容之盛與君美話舊歡若平生因詢其亂中出處二人曰自辭黃鶴郎入黃牛久隱青城忽逢青眼其爲喜慰追不可言所惜壯心凋落一事無成頻仰乾坤飄搖萍梗索居閑處有愧故人乃與痛飲飲酣氣豪論議蠭起本無曰天下之事在乎知機機者事之微吉凶之先見者也易曰知幾其神乎又曰君子見幾而作不俟終日子思子曰君子知微皆謂是也古今以來豪傑之士不必其知幾者幾何人哉吾於漢得張子房

焉子房事載史冊不必贅論蓋相與論其幾乎夫漢祖之臣莫踰三傑而子房又三傑之傑者也項羽傑於高祖而爲高祖所滅子房之謀也是子房非特三傑之傑并傑於高祖項羽矣且高祖爲是三傑之目者忌之之萌也子房知之蕭何韓信不知也故卒受下獄之辱夷族之禍子房晏然無恙夫禍不在於禍之日而在於目三傑之時天下未定子房出奇無窮天下既定子房退而如愚受封擇小縣偶語不先發其知幾爲何如哉誠所謂大丈夫也矣固虛曰吾於

宋得一人焉曰陳圖南五代之亂古所未有不有英雄起而定之則亂何時而已乎圖南窺見其幾有志大事往來關洛豈是浪遊及聞趙祖登基墜驢大笑故有屬豬人已着黃袍之句就已字觀之蓋可見矣既而拂袖歸山白雲高臥野花啼鳥春色一般遠引高騰不見痕迹所謂寓大巧於至拙藏大智於極愚天下後世知其爲神仙而已矣知其爲隱者而已矣孰得而窺其突奧方之子房有過無不及人亦有言英雄回首即神仙豈不信歟君美曰二公鍊質名山

塵埃富貴向聞高論猶似未能忘情者豈不爲修行之累乎二人大笑曰衛君平日議論如此之高今之識趣何如此之下夫循行數墨拈筆呻吟儒者之直熊經鳥伸導引服氣仙之糟粕吾之所謂修行者豈在是哉因引君美周視其家錦繡充盈金玉山積各有美人掌之最後至一山岩中有髑髏百枚二人指曰此世間不義人也余得而誅之君美爲之吐舌久不能收明日大設宴君美首席兩美人捧盤盛明珠十黄金百兩爲壽君美不敢却但唯唯謝於是劇

飲大醉本無賦詩曰

蓋世英雄蓋世才　關河百戰趁塵埃
天下黄金謾築臺　壯志已成終古恨
遼東白鶴空留語　殘編付與後人哀
東風萬斛曹瞞艦　盡化周郎一炬灰

㒺虚續吟曰

豪傑消磨歎五陵　髮衝鳥帽氣填膺
眼前不是無英俊　身後何須論廢興
當道有蛇魂已斷　渡江無馬盡難憑

可憐一片中原地　虎嘯龍吟幾戰爭

其詩大抵類此則其人可想矣君美知所吟不能出其右乃製喜遷鶯一闋報不酬謝於二公自歌以侑焉詞曰

乾坤如昨歎往事唐漢長才蕭宗景物都非人民但換非是舊時城郭世事恰如碁子當局方知難着勝與敗似一場春夢何須驚愕　寥落相見處萍水異鄉爛熳清宵酌說到英雄身同夢遊畫劒鋒蓮鍔看破浮雲變態休問誰強誰弱堪嘆惜這

一番歸去似遼東鶴

明日求歸二人曰唐有紅線今有碧線當令送君也至則一好女子其年可十七八負竹箱隨其文同送君美青城道上顧謂曰後會難期請爲起舞碧線開箱取白丸四大如雞卵乃雌雄劍也二人引而伸之飛躍上下須臾天地晦冥風雲慘淡惟於塵埃中見電光翕欻交繞互纏君美股慄行不成步回望其居皆陂壁窮崖殊無有路君美乃氣不得出目不得合常若刃在其頸心膽俱落舞罷失二人所在獨碧線

旁五君差久倒皮囊中酒共飲旬夜握君美手東南而逝將三更抵家但見金珠在褟碧線亾去久矣竟不知其何術也洪武二十年君美有婿單公鉉爲庫官嘗爲人道婦翁事亦與此脗合焉

秋夜訪琵琶亭記

洪武初吳江沈韶年弱冠美姿容詩學薩天錫字學邉伯京皆爲時輩所稱許嘗和天錫過嘉興詩韻題吳中二首云

七澤三江通甫里　楊柳芙蓉映湖水

閶門過去過盤門　半捲珠簾畫樓裏
蘼蕪生遍鴛鴦沙　東風落盡棠梨花
館娃香逕走麋鹿　清夜鬼燈籠絳紗
三高祠下東流續　真娘墓上風吹竹
西施去後屧廊傾　歲歲春深燒痕綠
和東南形勝繁華裏　舞臺歌榭臨甌沙
粉墻半出櫻桃花　採香蝴蝶飛不去
撲落輕盈團扇紗　吳歌子夜憑誰續
柳陰吹散柯亭竹　范蠡扁舟去不回

惟有春波照人綠

他詩皆類此然以家富不欲仕人知其然復利其賄或欲舉爲孝廉或欲保爲生員旁午紛紜殊無寧日韶雖不吝於財實厭其撓乃謀於妻介張氏曰如之何其可張曰惟有遠遊差可避耳韶然其計乃拉中表陳生梁生秉舸裝巨艑載萬億重貲遨遊襄漢間次于九江府愛匡廬之秀覽彭蠡之清留連郡郭吊古尋幽衆稍譏之韶不恤也因歎曰吾儕幸家富年少粗知文墨茲行盖避人耳豈能效王戎輩執牙籌

屑屑計刀錐之利哉遊益數偶秋雨新霽水天一色韶偕梁陳二生同訪琵琶亭吟白司馬蘆花楓葉之篇想京城女銀瓶鐵騎之韻引睇四望徘徊久之于時月明風細人静更深方取酒共酌聞月下彷彿有歌聲乍遠乍近或高或低三人相顧錯愕梁生戲曰得非商婦解事乎韶曰爾時樂天尚須千呼萬唤今日豈得容易呈身哉陳生曰老大蛾眉琵琶哀怨縱使尊前輕攏慢撚適足以增天涯淪落之感豈能醉而成歡耶韶曰且静聽之良久而寂酒罷回船竟莫

知其何故獨韶迭宕好事多情甚日往究其實遺蹤之間了無所見與闔躲倦方欲言還忽奇香馥郁縹緲而來韶異之延佇以俟粲頃一麗人宮粧豔飾貌類天仙二小姬前導一持黃金小爐一抱紫羅綉褥冉冉登階意必貴家宅眷臨賞于此隱壁後避之小姬鋪褥庭心麗人席地而坐顧姬曰何得有生人氣無乃昨夕狂客在是乎韶懼其使人搜索趨出拜見且謝唐突麗人曰朝代不同又無名分何唐突之有但諸郎夜來談笑以長安娼女浮梁商婦見目無亦

太過乎韶倉卒莫知所對麗人呼使同茵辭讓再四固命之乃就席因問其姓氏麗人曰欲陳本末惧駭君聽然吾非禍於人者幸勿見訝妾僞漢陳主婕妤鄭婉娥也年二十而歿殯于亭近二侍兒一名鈿蟬一名金鴈亦當時之殉葬者韶素有膽氣兼重風情不以爲怪也麗人曰妾沉鬱獨居無以適意每於此吟弄聊遣幽懷詎意昨宵爲諸郎所擾敗興浩歎而返今幸對此良宵復遇佳客足以償矣使鈿蟬歸取酒殽飲於亭上自歌其詞曰郎憶之乎郎昨日所謳之

念奴嬌也詞曰

離離禾黍嘆江山似舊英雄塵土石馬銅駝荊棘裏閣遍幾番寒暑劍戟灰飛旌旗鳥散底處尋樓觸暗嗚叱咤只今猶說西楚　憔悴玉帳虞兮燈前掩面淚交飛紅雨鳳輦羊車行不返九曲愁腸謾若斷續凝粧楊花翻曲回首城章終古翠螺青黛絳仙慵畫眉嫵

歌竟勸韶盡飲數杯後韶豪態逸發議論風生與麗人談元末群雄起滅事歷歷如目覩且詢陳主行事

之詳麗人曰春秋爲尊者諱爲親者諱此非妾所敢知也韶曰余請遂言其爲人煦煦然而少英斷貿貿然而昧幾微委任臣僚非才者衆如陳平章姚平章皆斗筲小人而使之秉鈞軸握兵符詹同文魏杞山乃金玉佳士而使之在散地處閑官武并則縱情酒色文吏則惟事空言城門狹而弗能容輦輿作飛橋九江陋而銳於建都猶餘故址如此之類可笑甚多兒復潛弑壽輝顯居厥位改元建號弟兄并底之子陽狹量淺謀奴僕江南之李昪而猶奮攘螳臂拒抗鷹

裼豕殪蛇殂大將已殲於湖水鯨誅鯢戮幼身旋斃於箭鋒一敗天亾六軍星散若其帝籌帷幄弘濟艱難者特五大王一人而已嗚呼當群雄鼎沸之秋居草昧風塵之日而謀臣智將捕士才官屢屢若此烏得而不敗亾哉麗人悽然泣數行下泣已收淚且談風月不必深言徒令人懷抱作惡耳因口占一詩曰

鳳艦龍舟事已空　銀屏金屋夢魂中
黄蘆晚日空殘壘　碧草寒煙鎖故宫

隧道魚燈油欲盡　粧臺鸞鏡匣長封
憑君莫話興亡事　淚濕胭脂損舊容

誦而索和韶郎依韻賡以酬之曰

結綺臨春萬戶空　幾番揮淚夕陽中
唐環不見新留襪　漢燕猶餘舊守宮
別苑秋深黃葉墜　寢園春盡碧苔封
自慚不是牛僧孺　也向雲堦拜玉容

麗人唶唶曰可謂知音於是促席暢飲共宿于亭相與講歡一如人世少焉天上鳥啼城頭鼓歇兩人扶

携手而起曰今夕當歸舍中謀爲久計不宜風眠露宿貽俗子輩唾笑韶領之亟逆旅則陳梁二生凴候開門乃紿曰昨得家書促回甚急必有他故未得同行矣二兄先往沿途見候小弟整爾一歸隨當趕上幸爲預鑰縮項之鯿多買團臍之蟹二兩月間當同賞習家之池共尋羊公之刻倒接䍦醉大堤麽幾斯遊亦一時之快也二生信之執手而别韶是晚再去金鳫巳先在矣遂導過亭北竹陰中舉里餘見朱門素壁燈燭交輝纔及重堂麗人迎笑出以玉杯飲韶曰

此吾主所御今以勸郎意亦不薄矣留宿月餘不啻膠漆一夕麗人語韶曰妾死時僞漢方盛主寵復深故玉匣珠襦殯送極一時之富貴幽宮神道墳塋備一品之威儀是致玉躰依然三魂不昧向者盧君愛妾南極夫人偶此嬉遊授妾以太陰鍊形之術爲之既久不異生人夜出晝藏逍遥自在君宜就市求青羊乳半杯勤勤滴妾目中乳盡眼開白日可起韶如言求得以潤其兩眥屈指三旬焂然能步就同携素手遊衍隧中或並倚香肩笑歌亭上與韶論舊事曰

未及十二三年便成陳迹吾主一日讀天寶遺事而喜之故春秋宫中設宴令妾輩兢簪奇花親放一蝶蝶聞花馥飛着釵端所止之人是夕得召謂之蝶幸且謂妾等曰昔唐明皇屢爲此戲揚妃專寵不復舉行朕則不然問分厚薄汝輩亦宜知均一之恩致警戒之道衆皆叩首謝又曰主嘗得元進士沔陽知府劉聞待以殊禮萬幾之暇引入便殿從容顧問曰聞卿爲太常博士甚有聲名果爾乎聞對曰臣爲禮官備至正三年冬十月戊戌將祀南郊告祭太廟至寧

宗寧問曰朕寧宗兄也當拜否臣進曰寧宗雖弟然爲帝時陛下爲臣春秋時魯閔公弟也僖公兄也閔公先爲君宗廟之祭未聞僖公不拜陛下當拜從之吾主又詔之曰卿仕中朝未嘗顯要而文章孝聞自不容掩其以事元者專我不忠不至大官聞頓首謝主又曰卿與李齊同榜齊不死我當大用之然齊自爲主幸獨得卿善爲詩近有作否聞對曰臣不能死義有愧於齊嘗以杜甫滿目悲生事因人作遠遊爲韻賦十詩見志今皆忘之止記其一耳詩爲陛下諱

之因詭陳之日

世運厄陽九　干戈禍生民　陵谷有高卑

一朝易其陳　間關中郎將　慷慨遠與廵

志同事乃異　非有屈與伸　堂堂李江州

求仁而得仁　清風已千載　而我猶爲人

既退之顧近侍曰其辭慨矣由是深其爲人無復進

用之意斯人者正孫文公所謂文人無行以妾覬之

不特凝碧之王維欠死之范質爲可罪哉紹聞其論

心甚服焉其所言多當時宮掖間事多不悉記　李何

韶迷戀情深鄉關念淺春來秋去四載于茲雖比目
並游之鱗戢翼雙棲之羽未足以喻其綢繆婉戀也
是年冬初麗人無故忽潛然淚下悲不自勝韶怪而問
之初則隱忍弗言繼則舉聲大慟韶慰解萬方乃一
啓齒曰與郎冥契盡在來朝故不覺悲傷至此耳韶
聞之悽惶感愴欲自縊於隧間麗人不可曰郎陽壽
未終妾陰質未化儻更沉溺世緣致君非命冥司必
加重譴彼此牽纏何時是了兼之定數舉莫能逃縱
曰舍生亦爲徒死韶乃止金鳳鈿蝴蝶葦亦依依不忍

拾或設飲食與韶送程既曉麗人奉赤金條脫一雙明珠步搖一對付生曰表誠寓意覩物思人再會無期願郎珍重親送至大門之外掩袂障面而還韶猶悲不自已殘淚滿眶顧盼之間失其所在乃重尋原店安下妝拾歸吳越數日梁生至自襄陽陳生客死房縣方告韶負約韶審以告弗信也出條脫步搖示之乃驚曰此非塵土間物奇寶也誠子之遇仙矣韶叮嚀諄切儆勿輕言故人無知者同舟歸家及門則妻死久矣乃以條脫一枚投回回肆中賣之得鏹萬

錠於虎丘靜處建壇請道士鶴林周玄初設靈寶鍊度三晝夜薦妻正斋之夕同道士行朝皆退親寫心詞一封潛於香爐焚之以資麗人冥福醮罷玄初夢二婦人一姓張一姓鄭從二小婭來謝曰妾輩俱承善果已授龜臺金母侍宸矣言訖駕祥雲向西而去翌日玄初詰韶曰君昨所薦只主閨張氏又何有鄭氏等三人焉韶心知爲麗人鈿鳳佯爲不解曰吾夢亦如之然不知彼三人誰也卒不以告知此事者惟梁生一人故生有琵琶佳遇詩并附于此詩曰

憶昔少年日加冠禮初成春衣紫羅帶白馬紅樊
纓吳中自昔稱繁華迴還十里皆荷花窺紅間綠
謝遊冶與余共泛星河槎星河留連湓浦邊空亭
醉訪琵琶絃銀箆擊節不堪聞錦襪生塵殊可憐
廬山月上猶未去娉婷玉貌湖邊遇追隨鈿雁雙
嬌嬈直入金屏最深處春風東來綻牡丹洞房香霧
滃椒蘭含情慣作雲雨夢鴛枕生愁清夜闌前朝
佳麗誇環燕圖出千人萬人美太真顏色趙肌膚
綃帳懸燈幾同見情緣忽斷兩分飛歸來如夢還

如癡縹囊留得黃金贈淒涼忍看徒傷悲徒傷悲難再得當初若悞有分離此生何用逢傾國

韶從此不復再娶授禮玄初爲師授五雷所劾之法往來兩浙間驅邪治病禱雨祈晴多有應驗後失所在近時有人於終南及嵩山諸處見之疑其得道云

鸞鸞傳

趙鸞鸞字文鵷東平趙舉女也幼將家人以香屑雜飯食中啖之長而體香故又名香兒有才貌喜文詞猶精於剪製刺繡之事又欲以嫁近隣之才子柳穎

而鸞亦深願事焉許而未聘會穎家坐事日就零替
鸞毋悔之以適繆氏繆雖富室而子弟村朴目不知
書鸞既嫁而鬱鬱不得志凡佳辰令節與其奇葩輒
對之掩鏡悲吟閉門愁坐一景之接於目事之感於心
一寓於詩積而成帙名曰破琴藁既三月而繆生死
鸞回父母家次年冬穎亦喪耦乃遣人復伸前約而
求娶之舉夫婦弗許穎必欲成其姻蓋聞鸞之賢而
悅鸞之貌也乃賂得穿珠匠婦王媽媽者出入趙氏
甚熟且言聽計從重賄媽媽求勸親焉兼使私問於

竊微覷其意嫣嫣許諾往趙氏說之曰老身久懷一事屢欲奉告於君以多故未暇今適其時不容更緩未審公夫婦尊意若何舉曰何事嫣嫣曰賢女孀居服將闋矣薄聞柳氏復舉前盟公堅執不從不知成笑何向且始先開口出自名門因其家爲事貧窘遂負初意兩下各自締姻因已絕望矣誰想今變喪夫穎亦喪婦造出前定似非偶然况穎學問文才視昔繆生百倍不可同年而語鸞鸞心事詎必無嫌更其家温裕大勝曩時如穎少年豈終困者有婿若此何

忍棄乎舉開語慨然而從媽媽復密勸於鸞曰顛之
慕爾若大旱之望雲霓今尊君旣許好事卽諧然旣
遇知音爾不可無一語以答其深意第恐他日相從
悔之遲矣鸞甚然之而難於啓口乃作書付媽媽曰
妾本良家幼承慈訓調鉛傅粉深處中閨執枲治
絲謹循內則惟知紉針而補綴未解舉案以齊眉
天與榮華親憐巧慧氷爲神而玉爲骨蝤如領而
手如荑正及芳年遴選佳婿詎期薄命竟配下流
遂爾辜其出衆之才屈其傾城之貌歛茲怨悔寓

厥詩詞對月白之宵遇清風之旦強與語強與笑鸞伴山雞觸於目觸於心鴛隨野鶩誰料庸才短折孱弱孤婺土木形骸惡兒蹔空於眼底風花情性幽悰尚欝於尊前徒懷蔡琰之悲求抱淑真之恨已甘棄置過辱聘求蓋以伸前時之好言作後日之佳話誠願託身貴族委質明公挽桓君之鹿車吹秦娥之鳳管願畢志以偕老冀役身以相從未侍光儀先申愚悃惟高明其諒之

嫣嫣遂賀曰可諧矣請以百金爲賞蘋曰若余事濟

百金豈於毋惜仍出鸞篇付頩頩讀而雀躍曰真所謂窈窕淑女吾其可不以琴瑟友之乎即卜日納聘而續其絃焉御輪之夕鸞乃私語於頩曰妾雖嬬婦然尚處子郎不可不知頩愕然曰何謂也鸞云昔繆生有疾不能近婦人雖與爲夫婦將朞月而無人道卒以喪身然此事獨吾毋知之他人不知也頩未信鸞請驗之而果不謬既歸之後孝敬奉於舅姑雍和友於娣姒遇婢僕以恩惠爲先相夫子以勤儉爲本鄉隣之貧乏者則隨力相周親戚之往還者則以禮

相待由是內外交誉稱道其賢暇則與頡玩繹詩騷吟咏情性若吳絳仙之容華曹文姬之藻思不足論也頡中表兄弟有自都下回者錄得貫學士蘭房譜詠六題曰雲鬟檀口柳眉酥乳纖指香鈎凡六首頡借歸與鸞觀之將效其躰製而構思未就鸞輙先賦曰

擾擾香雲濕未乾　鴉翎蟬翼膩光寒

側邊斜插黃金鳳　妝罷夫君帶笑看

右雲鬟

亭亭椰葉愁邊感　泄湛菱花照面頻
嫵媚不煩螺子黛　春山畫出自精神

右椰眉

衘盃微動櫻桃顆　咳唾輕飄茉莉香
曾見白家樊素笑　瓠犀顆顆綴榴房

右檀口

粉香汗濕瑤琴軫　春逗酥融白鳳膏
浴罷檀郎捫弄處　露華涼沁紫蒲萄

右酥乳

纖纖軟玉削春葱　長在香羅翠袖中
昨日琵琶絃索上　分明指甲染猩紅

右纖指

春雲薄薄輕籠筍　晚月娟娟巧露錐
簇蝶裙長何處見　鞦韆架上下來時

右香鈎

寫以呈穎穎服其敏妙為之閣筆明年至正戊戌田豐破東平穎與鸞鸞相失莫知所在已而毛貴復陷東昌留偽將俞左丞者鎮守俞頗知道理凡所掠男女

出榜召人識認給還親屬之資縉戚者在徽衢胄白刃中求而未得致憂窘間有指女冠院語曰盍不於此訪求乎頡如言去果見婦女十餘人儼然監繫頡問鸞姓名存殁一婦人答云數日前與去不在此蓋賢婦人也可惜可惜頡又問娘子何以惜之曰妾亦良家遭虜與趙氏處者五閱月其他人家宅眷皆汚辱于寇輙得放還獨吾與趙氏及在此數人誓死不辱故被囚禁何時復得見天日也言訖淚下如雨頡亦灑泣低聲語婦云趙氏余妻也不知今在何處婦

曰聞有周萬戶者領去莫測所之但臨行時知君必來相覓留書託我俾以授君即於衣領中取付韻使急持去蓋恐監者知覺必遺箠罵韻開而讀之果妻手筆也書云

妾驚妄從出適忽值兇徒顛沛流離艱難痛苦殘骸餘喘與死爲鄰備歷危疑幸存貞節皇天厚土實所鑒臨將殞微軀則自經溝瀆將混同末俗則褻慢綱常是以毀壞形容偷存息視雖落花無主暫爾隨風而畜犬喪家終然戀主愴惶四顧憔

悴平生服躰苟完心膽似丧每遇窮簷夜雨古道

秋風但有凝望眼穿憶歸腸斷壁燈半滅淚盡眼

枯戰鼓爭喧魂飛魄散已分膏塗野草血染沙沱

寧飼肉於烏鳥肯委身於狗彘效投崖之烈女慕

斷臂之貞妻詎復披擠汙忍聞消耗知君無恙贖

妾有期敢遽更怨炊妾即今見在濟南周其姓氏

萬户其官緣係漢人差若良善君得書之後速備

金帛來贖不宜迁延稽緩恐一時調撥則轉移他

處矣百年伉儷一旦分張覆水難收拳拳盼望所

宜深慮早致良圖毋俾妾爲陽臺不歸之雲也伏

楮妻斷不知所云

頡得書則又間關跋涉達于彼中萬户方擁重兵赫然聲勢未敢輕進投其鄰而安下焉越數日緝知鸞之在也而無由以通消息乃日伺於門見一巫媪往來頗數意必府中之親信人也候媪出潛隨至家奉金一錠爲壽而以情告焉媪曰將軍夫人始忌所虜婦女皆處於别實除浣洗衣裳炊造飲食之外不容輒出近亦有給還其親屬者令妻若在吾當爲玉成

次日嫗詣第潛問果得鸞而私報焉鸞出一緘付嫗嫗持出以授頴題曰悲笳四拍讀之流涕乃就懇嫗請於夫人贖鸞夫人曰吾無所用況其夫在何忍留之當即遣還頴乃奉珠耳璫黄金排釵各一事下夫人夫人即呼鸞使頴領去於是夫婦相携拜辭而出其曲錄於此

我生之初尚無爲我生之後元運衰夫與妻兮忽
仳離父與母兮生死安可知狼煙四起兮沸鼓鼙
鋒鏑叢林兮盛旌旗人民塗炭兮城郭壞禮義滅

亾兮法度隳身流落兮天一涯腸欲絕兮心孔悲

山可平兮河可塞妾怨苦兮無窮期

右一拍

蜂蠆屯聚兮豺虎嘷心毒狠兮躰腥臊煙塵須洞兮人竄逃寒沙暴骨兮沒蓬蒿亾家遇難兮傷吾曹義重命輕兮如鴻毛折誓指此生兮期雪辱仰天俯地兮獨煩勞

右二拍

褒賢殘兮逐兇愚恩東西轉徙兮卒無[illegible] [illegible]兮[illegible][illegible]是

樂兮殺戮是娛所在剽掠兮所過爲墟發塚墓兮焚燬實廬閭門孱弱兮被擄驅舍生取義兮捐微軀誰云女婦兮丈夫弗如

右三拍

行處坐處兮思念我鄉曲地角天涯兮見我骨肉姑亾舅沒兮家傾覆迯竄苟活兮被驅逐伉儷離背兮何時復幸茲陋軀兮得免汚辱誰爲義士兮揮金玉歌行路兮妾身贖

右四拍

頡鸞既復合，乃相與謀曰世方離亂人不聊生吾夫婦雖重得團欒而前向去端未可保莫若遠遁於深林大壑中以避氛埃以需時泰乃隱於徂徠山麓夫耕於前妻耘於後同耳共苦相敬如賓兾鈌梁鴻龐公王霸亦未可以優劣論也鄉閭遠近頗化其風一日頡出城負米遇賊獲之曰聞公名久矣當送田將軍任以官職不患不富貴也頡瞠目大罵曰斫頭賊吾豈從汝反哉賊怒殺之道上鄰舍奔告鸞鸞走哭負其屍以歸親拭其血而手殮之積薪焚頡屍既燼

鸞亦投火中死焉見者驚駭爲之竦然曰古稱烈婦
何以加之火熄隣里拾其遺骼瘞之伐石表其墓曰
雙節之墓君子曰
節義人之大閑也士君子講之熟矣一旦臨利害
遇患難鮮能允蹈之者鸞幽女婦乃能亂離中全
節不汚卒之夫死於忠妻死於義惟其讀書達禮
而賦質之良天理民彝有不可泯世之抱琵琶過
別船者聞鸞之風其眞可愧也哉

剪燈餘話卷之三

廬陵李昌祺編撰
新安黄正位訂定

鳳尾草記

洪武中有能生者本建康人遠祖仕宋爲京官從隆祐孟太后南遷留家江右子孫蕃衍世守詩書生行第八六七歲時長者教以詩輙能成誦九齡曉屬對作五七言絶句詩人皆歎衆以聰明許之生有姑適祖氏者特愛生生往來姑家甚熟祖有異母兄弟同

居各爨兄没惟嫂練氏及二子三女存長女次女皆適人惟幼女在室絕有殊色父各長生三歲生雖少年頗敏而馴謹不好頑弄且善伺人意故祖氏一家閑生來莫不歡喜女亦視生如弟兄不復迴避女母閑生姑稱生長進好學深欲壻生女亦眷眷屬目祖中庭植鳳尾一株已百年生吟嘯其側女窺無人出就生鳳尾下謂生曰老母閒令姑說子聰明欲以我結好我亦願爲子妻託令姑主張第未審子父母之意然否儻姻緣會合得爲夫婦雖死無憾不然我之嫁人

非商家郎則耕家子縱金玉滿堂田連阡陌不願也生應曰得渠爲配足慰平生因指鳳尾誓之曰若余事成開花結子事若不成根枯葉落誓畢散去生盤桓祖氏大小悅之女尤敬慕焉至親捧茶與生生取茶囘笑戲曰茶已喫矣不患不成家人聞之亦不間也會生姑與練姍娌參商陽爲從臾陰實沮之故生父母猶豫女未知也生以告女曰子既未便開親我亦不即納聘當與若娣謀必得子爲婦然後已女家貧未嘗有繒纊之飾粉黛之施而荊釵布裙略無垢

汗下至足纏亦潔白如雪兼之賦性和柔婉娩特甚
機杼之精剪製之巧爲一族冠二嫂睛姊之女不較
也生重其爲人愈有伉儷意然艱得良媒姑又不力
贊兩下遷延遲遲歲月生既冠去事舉子業女家蹤
跡稀矣然女念生未嘗去懷惟毋知其情喻之曰吾
又遣人往彼談汝姻事早晚當有定議汝勿煎熬徒
損容貌逾時生至雖主姑家而意在於女留數日二
嫂俱歸寧女獨紡小樓上樓下一深巷通後園巷半
磚砌磴道以登生從園中還聞女車聲徑奔女所女

見生來喜氣溢面輙紡紋禮與生對坐且紡且談因
以巳年庚告生使生推筭卜其諧否又與生話家事
甚悉生感其意口占一詩贈之詩曰

曲闌深處一枝花穠艷何曾識露華素質自攢千
瓣玉香肌紅映六銖紗金鈴有意頻相護繡幔無
情苦見遮憑仗東皇須着力向人開處莫教差

女不甚讀書識字而巳語生曰子宜解說俾我聞之
生一一敷繹其義女笑曰他日得侍幃房子必敎我
我雖愚暗久當能之生曰婦人女子偏是聰明以予

慧心學之易易因代爲答詩曰

深謝韶光染色濃吹開準擬倩東風生愁夕露凝
珠淚最怕春寒損玉容嫩蕋折時飄蝶粉芳心破
處點猩紅金盤華屋如堪薦早入雕闌十二重

生復縷縷爲詳詩意女曰嘗聞子才調敏捷今觀信
然使我傾仰彌切因目生父之日子精神意氣決非
庸人後當貴顯我欲以蒲柳之質爲託若非有他也
以父早亡母年漸老長兄書篤公門次兄隋身吏役
二嫂悍惡子所深知但得遠離究猶獲託絲蘿于縱

無官不爲命婦亦不失爲士大夫妻萬一流落俗子手中有死而已惟子念之圖之生自初悅其貌不料其淑懿有識若此自是拳拳婚議惟恐蹉跎俄而女兄果以吏敗家事亦落生父母無意締盟謝而辭之遂觖望矣生私作長歌一篇寄焉歌曰

我昔正髫年笑騎竹馬君床邊手持青梅共君戲君身似玉顏如蓮愛我聰明耽筆硯鴛鴦文章紫蹁僊風鬟霧鬢緋染唇鳳尾叢邊幾回見層樓窈窕洞房深春纖縷縷抽冰綫寒脩不來奈若何羅

帶同心竟無願綉襦甲帳隔天涯未解離魂與張
倩君知許嫁誰人家我行射策黄金殿回首清湖
夢寐中目斷巫山淚如霰

一日女母留姻戚家二嫂尋覺與女大鬧女深處閨
閣性復善良莫敢出言又不能嘿然不勝憤懣之音
約秦盟遽然斷絶淒涼憔悴躑躅無聊是夕竟縊死
樓上母歸哭之慟手自洗殮於胸前得一綉囊盛貯
杏箋一幅視之乃生所寄之詩也母不違其意仍寘
棺中生聞女死託以省姑走弔焉至明珠翠璧碎玉瓌

花神將入木矣生涕淚如雨悲不能遣送歸塋所葬壙成墳而歸後數年生果高科要職烜赫于時雖則取妻妾意不忘女常與天師無爲張真人論鬼神偶及女事真人見生切切爲飛章撥之越數日生夢女曰妾從辭世二十餘年陰府查籍以妾當生三子壽至六十數未克終卒于非命俾再爲女人了其夙業而昨蒙真人道力天符恩下今往河南府洛陽縣在城胡氏家爲男子矣感君深愛生死不忘但恨無以奉報耳然君方當富貴位極人臣福壽豐隆子孫昌

盛言訖拜謝而去行數步復回顧云郎善自珎妾不逝矣倏然而滅生既覺殆無以爲懷遣人往女家覘鳳尾枯死已數年矣生遂作哀鳳尾歌傳於世云

有草有草名鳳尾仙人種在丹山裏世間百卉避芳菲珊瑚寶樹差堪比髮鬆絶似鳳凰翎號以僊名同鳥稱海上行遲珠露濕洞簫品徹彩雲停娟娟旋旋猶貞静琉璃刻葉琅玕柄九苞縺翩時下來五色奇文爛相映日影照耀晴飾金盛夏脩脩風滿林藍陽不作桃李態晚歲實堅松栢心華[illegible]

清虛擁新翠色與飛瓊翠陰會倚叢未許暫分離杳指樹惟期終作配那知萬事總非真幽芳淑質俱成塵繡欄靈根凋百歲綺房麗色殞三春鳳兮傷非來過此弄玉臺傾鳳尾疚鴛鴦死落野棠青孔雀屏歌土花紫感時撫舊恨悠悠碧初瓊蕤萬古休敗砌頹垣螢弔月荒煙老樹鳥歸秋花草重栽春又綻鏡破釵離永分散因歌鳳尾寓深衷留與多情後人歎

餘話
卷三
七
一森

齊仲和名昱漳州人本富家子麄有學問頗能文字然豪俠不羈用財如糞土至正壬辰紅巾寇亂家業爲之蕩然遂東西奔走寄食於人嘗往來武平項子堅家為館客子堅故微賤然發跡欲光飾其門戶故作家必攀援閥閱衒耀於人名宗右族之貧窮不振者輒與締婣此則藉其聲援彼則貪其富貴書翰啓答無冊大抹之類皆仲和粉飾不知者謂為真本冠家矣洪武五年子堅歿二子榮可貴可特感稟舉葬于堅臨汀山中距其居五十里仲和為述行狀請銘

於宋太史景濂丘築歸全菴于墓側宏偉壯觀儼然一坊割田二佰畝飯僧仍請南華本如真公主菴事狀元金溪吳伯宗記之仲和往返菴適當途過必留宿是歲有小幹往福州為人留館者數載已而貴可辟孝廉除嘉興府同知倭夷登岸失不以聞被罪死秋官獄中家產籍沒菴田入官僧悉散去洪武乙丑仲和歸往訪項氏抵菴暮矣遂假宿焉不知項亡而菴廢行入方丈寂無人聲遍視僧房或開或闔最後至一室僧坐榻上聞人足音訝曰誰耶仲和告以姓

字僧暗中應曰然則故人也請坐仲和詢僧名對曰山僧初有幻體君及見之今忘之耶仲和莫曉爲何等語復詰餘僧安在曰偶赴水陸齋會於施主家惟山僧久患風痺不能下牀故在菴耳惜行童俱出不意公來茗供俱無之物奉待仲和告以乏飯僧曰桑上有殘豆數合公若不嫌請取食之仲和餒甚撮而嚼焉因問項氏動履僧曰故無恙仲和倦欲求寢僧曰此中有數客每夕來就山僧閑談少選當至恐公不安仲和問何人曰皆近村良家亦有與項宅親戚

者仲和喜曰若然幸甚須臾二人先入五人繼到僧
曰今日偶值項宅舊客下顧留宿於此諸公勿訝仲
和就請衆賓清與先至者曰余石子見毛原穎也繼
至者曰余金兆存曾尾合皮以禮上官蓋本如愚也
仲和謝曰燭燈俱無不敢行禮乞不見罪衆應曰既
爲項氏館賓又是山門熟客相與一家何罪之有遂
共僧講論辨若懸河亹亹不休深造佛諦僧曰諸公
久得禪蛻當避機鋒然文士在席何不且輟空談更
裁佳句以爲清宵歡樂之資爾衆曰諸子見先吟曰

曾擅文房四寶稱畫跨鴝眼勝金星華箋法劑長
為侶圓鏡方琴巧製形銅雀墜臺成鳳咮玉蟾吐
水帶龍猩莫欺鈍盡渾無用曾與維摩寫佛經

原穎詩曰

早拜中書事祖龍江淹親向夢中逢遠誇秦代蒙
恬巧近說吳興陸穎工雞距離來香霧濕貍毫點
處膩朱紅于今贏得留空館老向禪龕作禿翁

兆祥詩曰

身殘面黑眼生沙棄置塵埃野衲家僧病幾回嫌

煮藥客來長是使煎茶無緣不復勞烹飪有漏從
教老歲華昔日炎炎今寂寂莫將冷熱向人誇
瓦合詩曰
家貧無庇欲依誰散木微軀久覺衰孔聖絕糧寧
敢愠范丹之米豈辭饑當年墜地何須顧此日生
塵不可炊稍柮烟消灰燼冷烝烝路竈欲何爲
以禮詩曰
幻身如絮太輕鬆慣覆盧能與贊公裹裂不因兒
惡臥綻穿只爲匠難逢塵灰積厚無人洗蟣虱[illegible]

多欠火供零落半歸蛩鼠蠹固知色相本來空

上官蓋詩曰

常人髹漆貴人朱生者憎嫌死者需際是飛昇無用我若還解化也須余能函蓋世英雄骨解殮須城艷冶軀寄語勞勞塵世客百金莫惜預先儲

如愚詩曰

長鬚古鬢鳳骨稜稜心腹虛空不滅增早悟有身應有患可堪無佛更無僧煩依鷲室行將腐人想龍門去未能朽木枯骸爛衲束之宵清話勝關經

吟耶撫掌大笑傍若無人忽風約雲開月光穿戶隱隱見諸人狀貌或矮而體方或瘠而頭銳或黑面而一臂甚長或烏帽而一軀極短徐行者翩翩然却披氈屹立者亭亭焉而倚壁一寢後一老頸若生鱗仲和異之方欲諦視僧忽曰清風先生羅本素至矣衆皆起迎邐見一叟縞衣竹杖態度閑雅兩袖翩翩搖擺而進揖衆客而言曰諸友今夕之吟樂乎原頫曰先生何後也各誦所作呈之先生曰諸公自道甚佳但不免爲外客所怪以禮曰容雖未耄然早晚當與上

官公同載矣抑又何傷先生語僧曰吾師何故各作
曰待公來同賦耳乃朗吟曰
厭見閻浮刼火紅荒山獨守化人宮三千世界都
歸幻百二山河盡屬空衣薛亂生悲佛毁床頭不
掃笑僧慵難尋物外逃禪侶罕遇橋邊入社翁猛
虎每逢蓮座下怪禽多宿繡幡中青苔滿院新經
雨黃葉飄龕乍起風一對金剛蝸篆面幾尊羅漢
鼠穿胸殘經缺字函函損故器成精件件雄廣殿
窗開蛩月照關門鎖脫倩雲封謾憐衰朽煙霞骨

莫起摧頽土木躬良夜豈期佳客集清吟況與故
人逢案間殘豆充饑腹梁上深煤染病容行入輪
迴歸敗壞不須辛苦受疲癃莊嚴未必成三昧遊
戲何方運六通梅子熟時圓覺性松枝偃處記遺
蹤欲知吸盡西江意只聽晨鷄與暮鍾

清風先生深替其妙亦歌曰

臨汀山川惟說武平層巒峙秀衆水瀉清蒼龍啓
吉壤白虎開佳城青烏叶卜筮玄武迎休禎形環
勢抱相四縈信是天造地設成當時項家兩孝子

葬父於此守墳塋歸全復搆招提字遠諳真公作
菴主祖糧百頃佃人供鐘鼓三時唄聲舉能幾年
遽如許馬嘶風馳泣雨常住之田官所取門徒之
僧俗爲侶檀那一去寺久荒清宵賦詠來諳郎毛
生脫穎才偏銳石公持重行還方如愚守年鬚脫
而衰朽兆祥失柄談息而凄涼皮家之綃衣破綮
垢滿襟裾虱爭聚尨合散誕少持推上官究狂使
人懼蹇予放浪號清風老大弗改玉虛客平生掃
遍天下熱族親尚在杭城中痴僧貧病廢奔走枯

木寒灰身土偶無心望賜紫袈裟默叅潛悟忻開口齋諧非是志怪徒相逢且復爲嬉娛功名富貴盛浮世聲色根塵悲幻軀參横斗落金鷄曙回首東西分散去要知物我兩相忘居士墳邊夜談處逡巡閒墜兎收光遠雞戒曉衆賓遽散不知所之仲和出視莽然空菴還覓僧病獨一泥像觀背閒題字年月正仲和寓菴時所塑者今已剥落始悟山僧有此幻體君及見之之言復過別室惟敗硯支門秃筆委地鼠糞堆積于案間因思所食殘豆蓋是物也又

有爛絮被一番舊羅扇一握甂生塵而欲破銚無柄而半穿柱掛木魚壁倚棺蓋仲和大駭奔走出門行數里方有人家因往投之主翁云此地闃無居人復多奇怪子昨夜宿於何處仲和備以語之翁曰險矣哉子之性命也并告以項氏遭禍墳菴圮毀其家寄一壽木于彼近亦被人劈而爲薪止餘蓋在子所遇石子見毛原穎非硯與筆乎金兆祥曾甆合非銚與甂乎皮以禮則被字木如愚則木魚上官蓋爲棺材羅本素乃舊扇即子所覩故物顛倒爲惑也其曰有

與項氏親戚者蓋指棺而言耳棺爲項氏故物故曰親戚也仲和默然惴慄特甚即日回家果得重病因憶早晩與上官公同載之言料必不起遂却醫藥妻子交口勉之仲和曰死生有定物已先知服藥求醫徒自苦耳又半月竟卒嗚呼若仲和者得不謂之曠達之士哉

瓊奴傳

瓊奴姓王氏字潤貞常山人二歲而父歿母童氏携瓊奴適富人沈必貴沈無子愛之過已生年十四稚

詩歌辭兼通音律言德工容四者咸備近遂尋求納聘焉時同里有徐從道劉均玉者請婚猶切徐本華胄而清貧劉實白屋而暴富徐之子名茗郎劉之子名漢老皆儀容秀整且與瓊奴同年必貴欲許劉則鄙其閥閱之卑微欲許徐則慮其家道之窮迫猶豫遲疑莫之能定一日謀於族人之有識者彼爲之畫策曰但求佳婿勿論其他必貴曰然則何以知其佳乎曰易耳子宜盛爲酒食特召二生仍請前輩之善鑒者偕以潛窺之一則觀器量之何如一則試詞翰

之能否擇其善者而從焉於選壻乎何有必豈深然之至二月花晨開筵會客凡鄉里之號名勝者咸集于庭均玉從道亦各攜其子而至漢老則人物整齊雍容應對降登揖讓未免矜持若郎則眉目清新言談儒雅衣冠朴素舉止自如席尊有耕雲者沈之族長也名知人一見二生巳默識其優劣矣乃颺言於衆曰宗姪必貴有女及笄徐劉二公欲求締好兩門子弟人物並佳但未審姻緣果在誰耳必貴起對曰此事尊長主之則善矣耕雲曰古人有射屏牽絲設

席筆事皆所以擇壻也吾則異於是因呼二生至前指壁間所掛惜花春起早愛月夜眠遲掬水月在手弄花香滿衣四畫曰二郎少攄妙思試爲詠之中目奮衣在此一舉奈何漢老生居富室懶事詩書聞命雖盱久之不就落郎從容染翰頃刻而成呈上耕雲嘖嘖稱賞其詩曰

胭脂曉破湘桃蕚露重荼蘼香雪落媚紫濃遮刺綉窗嬌紅斜映鞦韆索轆轤驚夢急起來梳雲未暇臨粧含笑呼侍女秉明燭先照海棠開未開

右惜花春起早

香肩半嚲金釵卸寂寞重門鎖深夜素魄初離碧海壖清光已透朱簾篩徘徊不語倚闌干參橫斗落風露寒小娃低語喚歸寢猶過薔薇架後看

右愛月夜眠遲

銀塘水滿蟾光吐嫦娥夜夜凴闌府蕩漾明珠若可掬分明兔頴如堪數美人自挹濯春葱忽訝冰輪在掌中女伴臨流笑相語指大拏出廣寒宮

右掬水月在手

鈴聲響處東風急紅紫叢邊久疑立素手攀條恐刺傷金蓮移步嫌苔濕幽芳擷罷掩蘭堂馥郁餘馨滿綉房蜂蝶紛紛入窓戶飛來飛去繞羅裳

右弄花香滿衣

均玉見漢老一辭莫措大以爲耻父子竟不終席而逸矣於是四座合詞皆以茗郎爲好而茗之婿議亦自此而成不出月餘已擇月過聘矣旣而必貴以愛婿之故欲其數相往還遂栖眞館中讀書進學乎偶童氏小恙茗郎入問疾而瓊奴正侍母湯藥不虞茗之

至也迴避弗及乃相見於毋榻前若卿修之姿色絕世出而私喜封紅箋一幅使婢送與瓊奴折之空紙也瓊奴笑成一絕以答若曰

茜色霞箋照面顏王郎何事太多情風流不是無佳句兩字相思寫不成

若郎持歸以誇於漢老漢老亦恨其奪己之配以白均王均王不咎子之無學反切齒徐沈入骨恨之即誣以事俱不得白徐闔室從遼陽沈全家戍嶺表訣别之際黯然銷魂觀者莫不爲之下淚遂散去南北

不相聞已而必貴價殂家事零落惟童氏母女在蕭
然茅店賣酒路傍雖患難之中瓊奴無復昔時容態
而青年粹質終非常人有吳指揮者悅之欲娶以為
妾童氏以許人辭吳知其故遣媒謂曰徐郎遠從
戍死生未卜縱饒無恙又安能至此而成姻乎與其
痴守空帷蹉跎歲月盍不歸我貴家任汝母女受用
亦不虛度一生也瓊奴堅然不肯吳又使媒嫗行言
且壓以官府童氏懼與瓊奴謀曰一從若去五閱星
霜地角天涯魚沉鴈杳真所謂君處北海寡人處南

海風馬牛之不相及也汝之身事終恐荒廢姻又父邊淪亡他鄉流落權門側目欲强委禽吾孤兒寡婦其何術以拒之瓊奴泣曰徐門遭禍本自兒身既別從人背之不義且人之異於禽獸者以其有誠信也棄舊好而諧新歡是忘誠信苟忘誠信殆犬彘之不若也有死而已其肯爲之乎因賦古詞一闋以自誓其調寄滿庭芳云

綵鳳分群文鴛失侶紅雲路隔天台舊時院落盡棟積塵埃謾有玉京離燕向東風似訴悲哀主人

去捲簾恩重空屋亦歸來　涇陽憔悴女不逢柳毅書信難裁歎金釵脫股寶鏡離臺萬里遼陽郎去也甚日重圓丁香樹含花到死肯傷別人開

是夜自縊於房中母覺而救解良久方甦吳指揮者聞之怒使麾下碎其釀器逐去他居欲析固之時有老驛使杜君亦常山人必貴存日相與善憐董氏孤苦假以驛廊一間而安焉一日客有戎服者三四人校驛中杜君問所從來其人曰吾儕遼東衛總小旗差往海南取軍蹔此假宿耳值董氏偶立簾下中

一少年特淳謹不類武卒數往還相視而淒慘之色可掬童氏心動即出問之爾誰耶對曰若姓徐浙江常山人幼時父嘗聘同里沈必貴女與若爲婚未成親而兩家緣事沈青南海若戍東遼不相聞者數載矣適因入驛見媽媽狀貌酷與若外母相類故不覺感愴非有他也童氏復問沈家今在何處厥女何名曰女名瓊奴字潤貞聞親時年方十四以今計之當十九矣第忘其所寓州郡難以尋覓耳童氏入語瓊奴瓊奴曰若然天也明日召使至室中細問之果若

郎也今改名子蘭矣尚未娶童氏大哭曰吾即汝丈母汝丈人已死吾母女流落于此出萬死已得再生不圖今日再能相見遂白于杜君及茗之同伴衆口嗟歎以爲前緣杜君乃率錢備禮與茗娉姻合巹之夕喜不寐悲瓊奴訢其衷懷不任情斷因誦杜少陵羌村詩夜闌更秉燭相對如夢寐此句可移爲今日設也茗撫之諄切曰第毋傷感且善綢繆姑俟一年挈爾同歸遼東則魚水歡情來未相候矣既而茗同伴有丁總旗者忠厚人也謂茗曰君方燕爾莫便拋離

吾輩之行不必渠往我輩當分詣各府投文君幸無
堂且此相待公事完日相與歸遼右置酒餞別諸人
起程不料吳指揮者緝知以逃軍爲名捕君於獄杖
殺之藏屍於窖內亟令媒媼言曰彼已死矣可絕
念矣吾將擇日昇轎來迎汝女若又不從定加毒手
媒求諧於命瓊奴使母諾之媒去與母曰兒不死必
爲狂暴所辱將俟夜引决矣母亦無如之何是晚忽
監察御史傅公到驛瓊奴仰天呼曰吾夫之冤雪矣
乃具狀以告傅公即抗章以聞又兩月得請就命鞫

問而求屍未得政讞部閒羊角風自廳前而起公祝之曰逝魂有知適吾以往言訖風即旋轉前引馬首徑奔窪前吹開炭火而屍見矣公委官檢驗傷痕宛然吳遂伏辜公命州官葬若于郭外瓊奴哭送自沉于塚側池中因命葬焉公言諸朝下禮部旌其塚曰賢義婦之墓童氏亦官給衣廩優養終身焉

幔亭遇仙録

杜僎成巴丘之逸士而寓居於建陽賦性高邁抗志林泉畜一小舟置筆床茶竈釣具酒壺于其中毎更

循於清溪九曲間以爲常而人亦推其有標致一日仲秋雨霽涼風滿襟偕成沿流臨泛聽其所之俄而舟泊巖邊仰視巖上則緑蘿翠蔓丹桂蒼筠蒙蔭幽香芬敷掩冉因繫船登岸信步閑行忽有石門洞開路途平坦偕成知爲異境欣躍而前但覺風日暄妍天氣清淑真别一塵寰也約二里許入一大城城中宮闕宏壯守衛森嚴金書榜曰幔亭真境蓋武夷君所治也又里餘喬木嘉樹華屋崇垣流水飛花鳴雞吠犬遥望高甍一區俯瞰清池之上題曰清碧道院

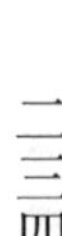

僊成及門猿鶴擾馴芝蘭馥郁椰陰之下雙童立焉僊成揖之問是何處童子曰清碧先生候子久矣因入白須臾復出導僊成前進經數處雲窓霧閣迴異人間瑤樹瓊枝自同天上最後抵一軒館清碧幅巾大帶容貌儼雅坐於中間僊成再拜清碧曰汝知人間有京兆杜伯原乎吾是矣汝吾族子也小了識之僊成跪謝晚生不及承教訓久之問宗黨及虞楊范揭諸君子後裔之計僊成應對歷歷可聽清碧若有喜色久焉童子進百花茶僊成喫罷略不知饑追暮

宿之別室褚衾練帳石枕竹床風露淒然瞬不成寐惟檐間明月窺人飛雪入戶自非神完氣充骨堅志定者弗能居也明月召僎成飯鹿脯一盤胡麻一器然芳馨甘美味實非常飯畢將辭而出清碧曰此中群仙別館諸執丈皆遊戲于茲來日當集吾舍將乞其詩文送汝歸去姑少俟僎成又大喜過望次早果有褒衣巍冠瑤琚玉佩者七人至皆風度凝遠氣象超凡清碧起迎長揖而坐僎成端立拱手屏息戶外一仙忽顧之曰是兒何爲來哉清碧曰族子僎成也

吾昔居世累辭徵辟而潛心著述今皆散逸獨春秋諸傳正議四十八卷僅存平生精力盡在此書皆諸公所知者故嘗貯以石函鎖以金鑰藏于玉笥霞箱鋒之北巖近因蛟蜃作孽水激穴開石函露矣深懼恐大禍開其蓋且數未可以傳於人代故召來命歸室之耳因相與論諸傳之得失一仙曰春秋豈文手筆不比他經而諸儒以管窺蠡測拘拘然指一字為褒貶豈聖人之心乎大抵聖經所書有常有變難執一而論首王人次封爵常也王會王兵譏縱誅逆幾於

緩矣然而託始立法拳拳宗周王必曰天王正必曰王正文武成康之威靈儼乎其對越撥亂反正蓋爲天下後世計而以爲爲魯而作豈聖意哉一仙曰伯原公之意如何清碧君曰昔人謂三傳作而春秋散則散矣然三傳亦未容以輕議也蓋公羊穀梁專釋經而左氏專載事至唐啖氏趙氏始毫分縷析辯明義例合三家之要而歸之一陸淳親承趙氏之學又著纂例辨疑微旨三書其文可謂粲然而其學可謂粹然矣宋朝諸儒所述皆明白正大詞嚴義密無餘

蘊矣但胡康矦主於諷諫高宗復讎未免微有牽強處故朱子嘗云胡氏說春秋已七八分但未到灑然處良有以也又若張洽之傳王氏讞議等書皆能發先儒之未發論其精妙而無遺憾則未也其至若惟伊川乎已而設宴籩豆具陳殽則黄精玄芝樂則朱絃緑綺鬱金秬鬯迭勸更酬侍從使令執事有恪莫敢少謦欬飲既徹乃重焚香篆再進茶甌緑衣童捧錦軸展石卓上命僕成遍拜坐賓且曰族于此來多生慶幸今茲遭遇實出宿緣諸仙丈得無動念乎願

可珠于數聯俾持歸人間以為奇玩亦斯文盛德美
事也未審許之否乎皆笑曰吾輩久不作世人語當
何言耶於是清碧親隸幔亭遊三字於卷端不芒道
人方方壺寫幔亭遊圖于其次紫霄上相玉蟾白真
人摛雄詞掞天藻述幔亭遊序一首文多不載諸仙
遂次第賦詩捷若風雨而閑閑宗師吳全節為之倡
曰

曾祝蕃釐侍尚方紫壇清夜醮虛皇奎章已拜看
雲賜真境兒空餘煮雪房物外烟霞端可樂人間富

貫久相忘而翁著述遺書在石室開時更慎藏

貞居外史句曲張伯雨亦賦云

良常覽別武夷遊爲訪名山洞府幽行處獨携千歲鶴歸時自控五花虬經多傳註真成贅道在希夷信莫求泉石鄉中多勝槩可能來此事藏脩

上清外史薛玄卿繼之以句云

綠荷衣上帶雲長誤入玄洲外史家青鳥近傳王母信蒼龍遥引木郎車相逢只恨仙凡隔歸去寧愁水陸賒儒道異門非雜論臨風爲子一長嗟

山水月道人宰淵徵吟曰

先生著述勝古人予奪取去皆通神獲麟聖筆久
已絶末學剽竊疇其真性公符起精凡例廷誣一
空穿鑿廢奇文未許世流傳幽隧重教石封閉先
生已是列仙儒古體親煩漢隷書遥知寘向茆齋
裏夜夜虹光貫紫虛

開府真人王溪月歌云

武夷先生洞天住閉口窮經辨經註東海人爭重
嘗寧南州士競推徐孺尊王賤伯心何勞詞嚴義

正明秋毫奸兮已受斧鉞戮以善也還蒙華袞褒既
成珍愛比金玉固鎖重封葬山麓埋藏此日闕靈
蹤誦讀何年載人腹鬼守不謹蛟出遊石函一夕
隨奔流先生大懼呼族子幽以土石填巖幽困茲
得至清虛境好斷塵緣發深省莫向人間戀火坑
幻身渾似浮漚影玉蟾仙翁宋碩儒上御賞重元
鉅夫玄義詞翰古難有伯雨文章今絕無湖山水
月烟霞老羽客之中詩更好虎臥龍跳筆似飛萬
斛珠璣即時拂群公總是宋元人騎鶴驂鸞鳳爲仙

真千生萬刼難得見如何一旦皆相親贊今春蓋
官開府至正年間棄塵去武夷天目長往來獨與兩
翁早為伍渠歸努力毋蹉跎流光日日如擲梭北
邙山上舊墳以間道新墳今更多
詩成俱親筆一揮文不加點正傳玩間忽圓一道人
李玉成虛一先生趙嗣琪金溪羽人查廣居無為子
張信甫至伯雨曰奇事奇事遂以卷呈之四人題詠
查先賦曰
騎得遼東一鶴囬千年又見碧桃開誰家小子如

方朔偷向碧桃樹下來

無爲子詩曰

得道俱爲蓬島客長生已作洞天賓如何却起凡
間念更駕雲謠贈世人

圜一先生題云

至人收視息恬澹養希夷萬物皆芻狗此身真若
遺大道無終始時運有盈虧寄言學仙子試向竅
中窺

虛一亦從而作曰

好山遠凝黛弱水難勝載流響聞天風飈輪隨飛

蓋因逢世間人聊問今何代

寫畢清碧笑謝諸仙扶攜而出僎成拜受什襲辭歸清碧使人送出洞口倏忽不見回顧四山蓊然榛莽惟錦軸爛爛囊間還覓小舟而繼故處僎成後抵家即往玉笥覆箱之下訪之果有偃松欹于亢竇之側一石函封閉甚固為山水所衝欲墜未墜橫枕松根僎成以繩懸下巖底築土塞之而加以石焉自爾之後容貌光澤行步如飛蓋暌異僎所致越數年乃棄

妻子攜仙跡遨遊名山罕與人接惟龍虎盧大治高士與交最密始以卷示盧爲盧言如此盧遂摹三字於仙巖石間且錄其詩文似天師天師求卷不能得盧亦僎成張張無所依亦化於山中將化前一夕風雷攝其卷去次午竟逝七日而顏色不變肢體不僵目光不毀識者以爲遇仙屍解云

胡媚娘傳

黃興者新鄭驛卒也偶出夜歸憇林下見一狐拾人髑髏戴之向月拜俄化爲女子年十六七絕有姿

客哭新鄭道上且哭且行興尾其後覘之狐不意爲興所窺故作嬌態興心念曰此奇貨可居乃問曰誰氏女子敢深夜獨行乎對曰奴杭州人姓胡名媚娘父調官陝西適被盜於前村父母兄弟俱死寇手財物爲之一空獨奴伏深草得存殘喘至此今孤苦一身無所依託將投水而死故此哭耳興曰吾家雖貧賤幸不乏饘粥荆妻復淳善可以相容汝能安吾家乎女忍淚拜謝曰長者見憐真再生之父母也隨至興家復以前語告興妻妻見女婉順亦善視之而興

終不言其故時進士藺裕者八閩人新除耀州判官過新鄭與新鄭尹彭致和爲中表之親因訪致和致和宿之館驛黄興供役驛中見裕年少迭宕非端士且所攜行李甚富乃與妻曰吾貧行可脫矣因欲動裕數令媚娘汲水井上使裕見之裕果喜其豔也即求娶爲妾興曰官人必欲娶吾女非十倍財禮不可裕不吝傾貲成之攜以抵任媚娘賦性聰明爲人柔順上自太守之妻次及衆官之室各奉綠羅一端胭脂十貼事長撫幼皆得其歡心由是内外稱譽人無間

言其或賓客之來裕不及分付而酒饌之類隨呼即出豐儉舉得其宜暇則躬自紡績親緣蠶絲深處閨房足不履外閫裕有疑事輒以咨之即一一剖析曲盡其情裕自詫得內助而僚寀之間亦信其為賢婦人也未幾藩府聞裕才能檄委催糧于各府媚娘語裕曰努力公門盡心王事閨闈細務委可任之惟當保重千金之身以圖報消埃之萬一慎勿以家自累也裕領之而別因前進宿于重陽宮道士尹澹然見之私語裕吏周榮曰爾官妖氣甚盛不治將有性命

之憂榮以告裕叱之曰何物道士敢妄言耶是年冬末糧完囬州署事届春暮而裕病矣面色萎黃身體消瘦所爲顛倒舉止倉惶同寅爲請醫服藥百無一効然莫曉其致疾之因周榮忽憶尹澹然之言具白于太守太守以問裕裕曰然於是謂同知劉恕曰蕭君臥病皆云有祟吾輩不可坐視劉曰盍請尹道士而治之乎守即具書幣遣周榮齎詣重陽宫請澹然澹然曰渠不信吾語致有今日然道家以濟人爲事何吝一行乎便偕榮至守出迎以裕疾求救爲請澹

郡人吉守曰此事吾久已知彼之室本乃新鄭北門老狐精也化爲女子惑人多矣若不亟去禍實叵測守驚愕曰蕭君內子衆所稱賢安得遽有此論哉澹然曰姑俟明朝便可見矣乃就州衙後堂結壇入日午澹然披劍書符立召神將須臾鄧辛張三師森立壇前澹然焚香誓神曰州判蕭裕爲蠱狐所惑煩公等即爲勦除乃舉筆書檄付師持去其文曰

上清殺伐雷府分司照得二氣始判而天高地下自此奠其儀三才已分而物化人生亦各從其類

念幅圓之旣廣慨狐魅之滋多緝木葉以爲衣冠髑髏而攺貌擊尾出火以作祟聽冰渡水而致疑所以百丈破因果之禪大安入羅漢之地再思多俊難逃兩腳之譏司空博文能識千年之怪況蕭裕乃八閩進士七品命官而敢薦爾腥臊奪其精氣挾身驛傳之卒作配縉紳之流恣烏合而嫩慚懷豕心而未巳綏綏厥狀紫紫其名遍可文字言之醜也郡城隍失於覺察權且姑容衙上地乃爾隱藏另行究治其青丘之正犯論黑簿之嚴刑押

赴市曹斃于雷斧使虎威之莫假族兔悲而有懲九尾盡誅萬刼不赦濯州衙遠令清淨無鄰驛永絶根苗長閉鬼門之關一準酆都之律布告廟社咸使風聞

俄而黑雲潑墨白雨翻盆霹靂一聲媚娘已震死闤闠矣守率僚屬往視乃真狐也而人髑髏猶在其首各家宅眷急取其所贈諸物觀之其綠羅則芭蕉葉數番胭脂則桃花瓣數片以示於衆衆始釋然尹公命焚死狐瘞之僻處鎮以鐵簡使絶跡焉然後取丹

砂蟹黃篆符與裕服而拂袖歸山飄然不顧矣裕疾愈始以娶媢娘事告太守遣人於新鄭問黃興與已後居家道殷富不復爲驛卒蓋得狐聘財所致耳始畧言嫁狐之實於人詢者歸具以告太守衆方信狐之善惑而神滑然之術焉

剪燈餘話卷之四

廬陵　李昌祺　編撰

新安　黄正位　訂定

洞天花燭記

天曆二年己巳之歲於潛秀才文信美偶出遊至半道忽有二使布袍葛屨聯袂而來長揖於前曰華陽丈人薰沐奉請文倉卒辭避曰信美天目之鄙人華陽地脈六靈擁護仙凡既隔造請何由二使曰已辦軒車願無多讓遂與同行果有竹兜子一乘候道左信

美既上昇去如飛須臾即至使者偕信美入丈人玉冠綃衣秉簡出迓且致辭云僭越奉邀蓋承枉顧幸勿以輕率見罪也與之抗禮並坐于堂茶罷出杯珍饌羅列丈人親執盞於信美前曰老夫叨處洞天久思閑逸而男婚女嫁尚爾關心今弱息及笄議姻震澤將納其次子為婿佳期式屆聘禮已臨諸事皆備惟回書未得入耳稔聞名士久擅才華特此攀迓無非借重命左右取筆硯鸞牋置於几案之上信美肘君神運思如泉流揮灑無停略不經意其詞曰

福地陰陽合洞天詣一姓之緣龍池歲月深代古締萬年之好專憑兎穎虔復鸞緘恭惟震澤云者順濟昭祐王親家闕下乾坤粹氣星斗寒芒果證眞仙受寄資於上界位齊海瀆膺顯號於明時爲霖運仁靜之施體道存智動之用消流必納廓其量於有容衆派爰歸匯其涯於無際久著朝宗之望夙推潤下之功覩事坐魚鱗堂班行肅蛙休退宴珉琄殿歌舞鮮妍官聯天上之豪華廟食吳中之綿遠民虔崇於香火世尊仰於威靈福祿攸同

商農均賴其志貌冲素體法謙虛通籍金門生殺黍司於下土秉鈞玄省朝參幸近於清光既交隣壤之歡仍羨華腴之盛如令嗣其顯昂聞望允爲自面綉衣郎小女某婉婉聽從詎謂紅樓富家女仁厚慕象賢之公子甯羅愧下嫁之王姬自顧何人敢辭非耦宜其家宜其室納徵式謹於初盟投以桃投以李將意莫酬於厚貺長春不老永世齊芳

夫人讀既稱歎再三遂留宿以光華燭之會於是遣

价賫書徧請附近洞府羣仙壯觀禮席至日騈集車馬之多旗旄之盛蓋世所未有夫人頂九旒之冠佩五嶽之圖被赤霜之服宿容於别殿俄而千騶萬騎疊鼓鳴笳翠蓋文旍擁雕鞍之先後綉裳袞服儼珠履之尊崇燈燭輝煌笙歌繚亮侍者走報新壻及門也屢從起迎引入幕次忽内間傳命索催粧詩甚急而壻所帶相行之人艱澁殊甚從者數十輩絡繹不絶壻緝知信美在坐私下遣人致浼信美即代爲之詩曰

玉鏡臺前鞴綠鬢象牙梳滑墜床間寶釵金鳳都
簪遍早出紅羅綉幌看
十八鬟多氣力嬌粧成不覺夜迢迢風流自有張
生筆留取雙眉見後描
媒持以入衆皆喝采但見紅粧百隊畫燭兩行簫管
喧闐香風淡蕩引壻入洞房合巹執事者又忘將撒
帳文來左右皆失色壻呼媒耳語復使出致宛信美
信美立撰附之曰
伏以絪縕未判固溟涬之無形清濁既分便剛柔

之有對與從開闢之始已生配匹之名王道所存
大婚定謹恭惟震澤新壻郎君華陽元姬淑女早
鍾間氣夙孕貞姿禮樂文章端可作吳綵鸞之倩
工容言德允宜為王君迥之妻緋桃綠泛於靈源
紅葉肯題於流水天作之合滿相其成惟化工不
離於陰陽而道妙造端乎夫婦幽房窈窕羅幃翠
被欝金香盛服輝光火浣單衣綉方領揭蓋露珠
冠之飾交杯互玉斝之宜錦褥平鋪軟襯金蓮之
薌黛螺濃染輕描偃月之眉二姓百年一雙兩好

燕婉既諧於伉儷綢繆宜合於琴瑟于以采藻于以采蘋克謹烝嘗之薦載美之璋載弄之瓦行膺莞簟之祥合歡詎讓於名花並蒂究同於奇果噦噦似朝陽之鳳雍雍類春渚之鴻翼動犀幃幰蹙龍鱗之輕細夢回鴛枕口含雞舌之芳馨奇逢已遂於結縭善頌更陳於撒帳請歌辭語庸助歡聲

撒帳東

羅幃繡幕圍春風唐李賀　紅綻櫻桃含白雪唐李商隱

元精耿耿貫當中唐李賀

撒帳西

歌舞留人月易低唐儲光義驚起芙蓉睡新足唐李賀倚

風晴態被春迷唐羅隱

撒帳南

新人轎上着春衫唐李商隱雲鬢半偏新睡覺長恨歌斷

腸春色在江南唐韋莊

撒帳北

雲樓半開壁斜白唐李賀小語低聲問玉郎唐裴譔春

色惱人眠不得宋王介甫

撒帳上

兩兩紅粧笑相向 唐崔顥 淡雲輕雨拂高堂 唐李商隱 睡覺不知新月上 唐陸龜蒙

撒帳下

滿山明月東風夜 唐韓偓 冰簟銀床夢不成 唐溫庭筠 美酒清歌曲房下 唐李頎

伏願撒帳之後姑嫜交慶家室攸宜一掬瓊漿漫設裴航之奇遇五雙白璧可知雍伯之陰功縱石爛而海枯諒天長而地久螽斯秩秩麟趾振振

柰何壻之儐相多作吳語不善於讀復傳呼文秀才既抵内寢則珠玉相輝綺羅交映桃腮杏臉粉頸酥胸者不知其幾千百人自非女與壻對坐象床斷不能辨其孰爲新婦也信美抗聲朗誦從容閑雅抑揚高下甚得其宜聽者齊聲道好禮成而出須臾壻遣媒致利市氷綃二匹明珠二顆信美拜受便赴禮筵所設皆非煙火之食不能名識丈人徧告坐賓讚譽信美之才調且作而言曰惟茲嘉禮曠刼罕遇今文士賁臨羣仙光降願留珠玉以爲洞天之重不識可

平信美乃獻洞天花燭詩曰

玄黃初分闢靈壤峭壁穹崖絕來鞅深巖不遺俗人到窕窈惟宜法宮敞重重疊疊峙華構畫棟凌霄掛金榜丈人華蓋鈞軸相佐治蓬萊生殺掌神明自與世塵異婚嫁本無情欲想陰陽動靜含橐籥示有耦配非戀恍高閑孰是可作對震澤尊居百川長時良日嘉車輛多瓊樹瑤柯顛成雨紫龍魚鳳設寶筵撾鼓擂鐘震霆響蹇予凡陋忝司箋利市平分珠與璣雍容喜得厠衣冠儐相寧期近

屏幌庭丁絡繹進迹羞座客紛紜雜談謔飲河鼴鼠幌盈腹止魯鷄鵾慙厚吾子幸覩花燭獻新篇留與千年洞天賞

衆賓傳玩咸賛瓌奇宴罷酒闌扶携而出明日丈人於玄清内殿特待新壻專命信美陪席信美固讓不敢當翁壻交請乃就坐酒三行美人捧紅羅二端文錦二匹爲謝既終宴遣前二使送出還家家人驚唯失已半月矣信美悉裒諸物貨賣遂成富室子孫甚盛號遇仙文氏於潛人至今稱之不絶

泰山御史傳

宋珪字孟璜山東之益都人世農家至其父始讀書爲嗖儒珪生而俊偉長而端嚴能勤於學日記數千言居貧自食其力隱田里間以教授爲業非義不爲人敬憚之省臣以孝弟力田薦不報集賢大學士阿魯渾撒里言其守節靜退不求仕進宜用以勵奔競又不報珪皆漠如也性嚴毅不能容人之過每面折之至頭顱發赤不少恕而人亦服其規誨無有懟之爲怨者至正二十年秋八月巢珪居家忽見黑雲四

合遂亘其犀曁麗節旣擢一神人若凡聞貴官之狀呼
珪曰岳帝聞子經明行修不偶於世特召千爲泰山
司憲御史珪莫測所以俯伏聽命神人即宣勅曰
東岳天齊大生府蓋聞備束帛以徵賢朕每艱於
得士正朝綱而執法波克稱於其官顧茲耳目之
司實荷聰明之寄旁求草澤竣陟華階儒士宋珪
公直以無私剛嚴而有斷方篤志探詩書之賾而
含章著易象之貞安貧以樂簞瓢味道而茸韋布
顯榮常在於身後優除眞拜於烏臺糾察每侍於

帝傍讜論訐聞於白簡期邁攬轡范滂之右肯居乘驄馬典之間正色而諛佞寒心飛章而奸回破膽毋負清華之選思酬特達之知於戲斧鉞下青冥祿未沾於人世綉衣立霄漢名更垂於岱宗洛爾夙儒服我新命可拜司憲御史

聽畢玨再拜曰帝命有嚴其何敢避但乞少緩耳神人頷之反旆而去玨知必死即處置家事沐浴更衣達夜半逝矣又數年其友秦彝從閩中歸次泰安州遇玨於途旅相與道舊沽酒而飲之彝密知為鬼

且悉其戚時事，因問曰：地下官府與人世類乎？生曰：吾儕與君幽明異路，亦何用知？然念舊交，復是焉者說亦何害。大抵陰道尚嚴，用人不苟，惟是泰山下府所統七十二司、三十六獄，臺省部院監局署曹與夫廟社壇壝鬼神，大而冢宰則用忠臣烈士孝子順孫，其次則善人循吏，其至小者雖社公土地，必擇忠厚有陰德者爲之。而尤重詞職，向修文館缺官，遍處搜訪不得其人，亦有薦三數公者，雖甚文采，而在世之時不修士行，或盜名欺世，或貽已瞞人，狗媚狐趨，皆有瘢之可議不得已就其中擇彼善於此者一人爲司言上卿近又被墓靈塚伯訴其生前撰述死者銘誌不實廣受潤筆之資多爲過情之譽以眞亂贗以惡爲賢使善惡混淆冥官最所深惡往往照條綺語妄言律科罪付拔舌地獄施行此尤儒者深戒雖有他美莫得而贖焉聖帝以其近臣曲加貸宥而復荒迷杯酌失誤表文罪惡貫盈靈祇共憤吾糾而彈之天齊震怒遂下於獄隨即奏聞上穹已正典憲汝可錄吾彈文歸示鄉里使知幽明法度更是謹嚴凡在

章縫務惇誠實不可謂生前作事地府罔知度人經云諸天記人功過毫分無失斷非虛語也即出稟使軫抄之文載于此

泰山司憲御史臣宋珪爲糾覈事臣聞設職建官本陰陽之通制操觚執翰實臣子之當爲苟廢務以懷奸必正名而論罰罪莫大於慢上律莫重於欺君惡既難容討奚容後切照修文館司言上卿某人庸庸俗士貿貿迂儒生前謏玷於清流巧於諛墓歿後謬馳於雅望善於德名妄矜襪綫之才

猥試鉛刀之利拔自下鬼擢於近臣乃被掾伯之訟言合在獄卒之役畀過蒙原宥特賜保全所宜竭力宣忠感恩圖報而本官虎皮羊質狼子野心弗思載筆摛辭盡其職業惟務飲酒食肉苟度歲時以偃蹇爲當然率輕狂而自若蹤跡詭秘賄賂公行擢髮不足以數其罪粉身不足以勝其誅旁若無人但知有已怙終不省愆惡不悛乃於聖帝降誕之辰神鬼悉人稱賀三界之靈畢集列嶽之使皆來鐘鼓在懸冕旒升殿進表文而祝頌獻禮

制之故常郡乃連日酗酣臨期失誤設石辟倉皇駭愕以失色聚衆人捏合掇拾以成文慆慢不恭肆刑書之具在勸懲示戒蓋王法之必誅再照司言亞卿某人視猶心腹事若父兄進援出於其門動靜圖於其術每忌規諫屢獻諂諛立身未免於附麗示戒固宜於連坐合將各犯拿送鄷都明正其罪以鋤奸慝以正憲綱緣係命官伏候裁處

抄畢軫告之曰某忝冒士流叨竊祿食茲者罷職回鄉竟不知前程之事果必如何今幸遇公願乞指示

珪曰天厭夷德久矣將有一真人龍興於淮泗間君不及見君之子孫當享太平之福畛曰若然則時事早晚大謬耶必有兵革之禍吾其死於兵戈乎珪曰尚遠勿慮也畛固問之乃援筆寫八句云逢衢祿進遇安祿槁火馬行遲金雞叫早門心掘井花首去草左陰右陽後穉前老竟莫曉其所說遂收寘囊間復謂畛曰珍重故人勉旃爲善遂揖别而去倏然不見其後畛用薦者再起爲衢州錄事則逢衢祿進之說驗矣未幾有委攝西安縣得風痺之疾數月不愈停

傳曜治則遇安祿禍之説又驗矣軫甚憂其病無何竟卒好事者追詳其死之年實丙午冬丙屬火馬肖午没之日乃辛酉旦辛屬金酉肖雞行遲言臘之盡吁早言晨之初悉與語合但後四句莫喻孰知軫任録事時娶一妻乃開化人亂離不能北歸因昇軫柩葬開化以字觀之門中貢井成開花頭去草成化瘞處左則外母墳爲陰右則妻兄墓爲陽按山有道觀瘞趾非前老之謂乎靠山有佛堂敗屋非後釋之讖乎軫既殯妻子留居墓下遂爲開化人　天朝平定

羣雄民樂熙洽軫有孫仕至工部尚書者珪之言雖若迂恠然無一之不驗是知人之窮通出處壽夭興衰生死葬埋皆有一定之數莫得而改移或者乃欲以智力勝之多見其不知量矣

江廟泥神記

蜀之眉州去城一舍許小市瀕江人烟數百家商賈物貨之所聚貿甚旺江上古廟一區相傳爲花藥夫人費氏之祠逮今頗著靈迹廟近大姓鍾聲遠者富而好禮喜延名師聲遠女兄有子曰謝生璉者亦

鉅室來舅家就學生儀容秀整風韻清高畧無寒儒迂腐態羣從咸喜之相與奕棋飲酒談笑賦詩惟恐生之或去也鍾西塾後創一園特盛建碧漪堂水月亭玩芳亭醉春館翠屏軒于其内生愛園幽雅寓息其間將近春月矣一日偶自外回忽見四女郎年近初笄娉婷窈窕嬉戲于玩芳亭畔生謂是諸表妹遽前揖之至則皆非也女殊不羞避笑語自若生問之曰小姐輩誤此來耶中一人應曰吾姊妹東隣花氏之女也久聞芳園勝麗奇卉芬敷故相携就此一賞

餘話
卷四
十五

玩耳不料爲郎所窺幸無深訝生意其隣居女子相往還亦不以爲恠矣至夜將睡忽聞囪櫺軋軋作聲若有人敲推者起視乃日間所見諸女之一闖然入戶向生施禮和顏悅色款語低聲云奴等蒲柳陋資丹鉛弱質偶得接見於光範陡然忽動其柔情莫或自持是不可忍故冒禁而相就遂犯禮以私奔肅抱衾裯衹薦枕席言訖即邀生入寢相與講歡生戲問曰彼三人何在安得獨來女曰姑俟來宵分此樂與諸姝耳遂口占一詩曰

翠翹金鳳鎖塵埃懶畫長蛾對鏡臺誰向東白茅求吉士自題紅葉托良媒蘭缸未滅心先蕩蓮步初移意已催攜手問郎何處好絳帷深處玉山頹俄而兎魄將低鷄聲漸動女攬衣起曰奴回也遂悄悄而去翌晚生爇篆焚蘭啓扉相候女果共一人至笑撫生曰昨夕之歡願推小妹仍顧妹云汝善事郎君好好做新人也緩步而出其妹共生親昵語笑綢繆並枕同衾一如姊氏妹性慧黠亦復能詩即爲詩什以贈生云

赤繩緣薄好音乖姊妹相看共此懷偶伴姮娥辭
月殿忽逢僧孺拜雲階春生玉藻垂鴛帳香噴金
蓮脫鳳鞋魚水交歡從此始兩情願保百年諧
吟罷女迤邐告回生囑之再至女曰勿多言管不教
郎獨宿也是夕大姊又送三姨至生欲俱留之辭曰
待君爲四度新郎之後妾姊妹當分侍幃房周而復
始耳生即與三姨狎且索其詩答曰愧無七步之才
又非二姊之敵安有此能平生固求之乃吟曰
蘭房悄悄夜迢迢獨對殘燈夜寂寥潮信有期應

自覺花容無媚爲誰銷愁嬾擲葉凝新黛黑笑羞桃
花上軟綃夙世因緣今世合天教長伴董嬌嬈
須臾雨散雲收河斜斗落殘粧尚在髩亂釵橫斂袂
而起謂生曰今夕四姨與郎爲耦吾姊妹不可俱出
大姊當送之至耳次夜二鼓四姨晏盛飾偕姊就生
行夫婦之禮設山海之盟密訴幽情亦成近體曰
每到春時懶倍添綠窗慵把綉針拈奇逢詎料諧
鴛耦吉卜寧期叶鳳占鬢亂綠鬟雲擾擾手籠紅
袖玉纖纖明珠四顆皆無價誰似郎君盡得兼

由是之後羣女分番每夕一人侍寢生私念白面書生獲此奇遇一之已罕况乃四焉因作峩眉古意一篇以自慶詩曰

峩眉古郡天下雄煙巒雪嶺百千峯鳥道縈紆通徼外狼烟迢遞逗蠻中巴江蜀水人間險棘道滇池化外通九姓羌夷來部落諸蕃巢穴入提封提封形勝稱吾土畫戟朱門不可數汗血名駒白日調蘭栗肥牛清夜煮交衢閧市馳輕轂廣廈喬林開別墅揚鞭馬上揖相逢擲果車中目相許少事

豪華厭俗塵惟將詩酒樂閑身腰橫寶帶齊誇俊
家賜銅山不畏貧寶帶銅山容易得難買嬋娟好
顏色寧期向月得窺囊詎料看花遇傾國傾國傾
城絶世顏冰蒼刻劍赤玦環美目盈盈溢秋水長
眉淡淡掃春山春山八字爭妍媚姨姨妹妹皆殊
麗凝粧謾羙翠樓娼薦枕徒聞紅拂妓琥珀枕邊
盟誓存玳瑁簾前燭燼昏戀戀柔情隨暮雨依依
好夢逐朝雲解珮遺香鎮求耦調鉛傳粉忍抛羣
菱花明鏡當窗照栢子奇香羅袖薰奇香縹緲滿

蘭房終宵達旦恒芬芳真真燕燕排魚隊小小鶯
鶯列鴈行魚隊鴈行陪鴈侶鳳管龍笙作龍語穠
出鶏頭帶笑搊奪得鸞篦稱嬌與露重星稀銀漏
沉並蔕芙蓉籠錦衾蓮嬌藕嫩美同貌蘭馨蕙馥
美同心醞藉風流多態度回晝爲宵豈相妬密約
應愁阿母猜幽懷肯向傍人訴幽懷密約付誰知
天長地久萬年期願爲蝴蝶長相逐願學鴛鴦免
別離卓氏文君與閭里南威西子非同氣窈窕娉
婷出一門一門四妙無雙美鶢鶋凉凉遊子妻氣

煢獨獨只孤棲腸斷愁聽子規鳥春來春去樹梢啼

既成寫以示女女競觀傳玩齊口稱揚以爲寡和之作獨大姊默然久之而歎曰奴四人爲堂姊妹皆閨閣處子尚未議姻昨偶窺園遂沾多露荷蒙不棄待賜深憐第恐歲月難留佳期易失郎未免於娶婦妾未得以從人織錦寄夫謾有若蘭之技離魂奔壻若無倩女之能徒使鸞鳳分飛燕鴻交避悠悠長恨耿耿遐思靜念今日之深歡恐成他日之大禍也諸妹

聞之亦皆鄙獻而退又歲餘父母果遣人取生回畢姻女聞之皆來就生爲別會宿書齋生一一温存式均其恵將曉四姨謂生曰大姊往日之言驗矣以眞數計之尚有一年緣分未盡所願好合瑟琴和諧伉儷人生至樂莫過此時幸念寒微莫相棄背成親之後求便重來奴姊妹尚當企踵盱衡候郎於翠屏軒下耳郎拔金掩鬢一隻致贈三姊亦以翠鈿銀鐲耳璫奉上曰歸遺細君少結慇懃之意各灑淚而別生收拾於書籠中抵家而婚期逼矣燕爾既畢家室甚

宜然四女之思亦未嘗置滿月後妾歸寧生孤枕獨

宿忽夢與四女相見交會如常時三姨起曰與郎久

別無以為歡請作回風之舞於是展地衣飄羅袖雖

趙飛燕之輕盈公孫氏之神捷未足以擬其奇妙也

舞罷大姊乃作回風之曲曰

有淑人兮邦之媛珮明月兮紉蘭荃颷輕軀兮掌

上長袖飄兮筵前初鴻驚兮巧周旋忽鷁翥兮何

蹁躚雲鬟聳兮玉珥文席委兮珠鈿羞宛轉兮妖

且妍奇莫敵兮妙莫傳倏低 低昂既罷褰良夜兮

如作

二姨四姨亦相謂曰式歌且舞足慰他鄉吾與君嘗何爲乎因取玉簫付之曰妹深善於此願少慚焉姊倚歌而和不亦可乎妹躍然曰有是哉逡巡三奏其音清而和婉而嬌幽怨而閑寂似夕露之凄寒琱姐秋雲之乘鮮飈也姊亦斂黛謳而和焉歌曰

玉指兮氷容寫幽思兮訴深哀嫋嫋兮餘音駐綵雲兮明月中

再歌曰

珠露零兮簫韻清幽修鳳語兮和且平歡樂未極兮空復情

三歌曰

紫簫咽兮夜無譁寶篆微裊兮燭垂花河欲沒兮夜欲闌聊逍遥兮奠爲歡脱花鈿兮擲明璫卸衾裯兮歸洞房齊交頸兮如鴛鴦銀漏短兮歡娛長但悲白日兮上扶桑

正傾聽間忽角起譙樓鐘鳴梵宇推枕欠伸乃是南柯一夢而且具憶其詞因起而録之即托以卒業徃

舅家諸女幸生再至眷顧倍加於昔生與說夢中事女曰此夫婦相念之深故形諸夢寐無足恠者生女留戀只在齋房中凡半月餘不與舅相見舅疑之一夕潛出窺生所爲只見生共諸女玩月談笑方濃遽入呼生倏然驚散隨加詰問終不肯言其詳舅謂妗曰園圃寬濶竹樹繁多豈無花月之妖或有木石之恠璉又英俊人物整齊豈不爲其所惑急須遣歸恐久則致疾也乃令僕送生還既抵家不半載以思女之故果成重疾神情恍惚言語支離伏枕淹淹久而

不愈聲遂聞往視之備以前事告於生父母生父詢問再三乃吐實耳出所得詩及金掩鬢等物視之皆泥捏成者父知其被祟乃偕男訪於園中並無蹤跡因往花葢廟上籤過東廊一小室幃幔蔽虧人跡稀到揭而觀之題曰巫山神女之位塑四美姬像於其中東坐者失一掩鬢右二人臂缺二鐲耳亡雙鐺左一人面脫花鈿兩枚其父大驚取泥捏之物置于舊處皆脗合即手碎其像命僕沉之江中而歸自此月餘生疾亦愈惟魅遂絕

芙蓉屏記

至正辛卯眞州有崔生名英者家極富以父蔭補浙江温州永嘉尉攜妻王氏赴任道經蘇州之圌山泊舟少憩買紙錢牲酒賽於神廟既畢與妻小飲舟中舟人見其飲器皆金銀遽起惡念是夜沉英水中并婢僕殺之謂王氏曰爾知所以不死者乎我次子尚未有室今與人撑船往杭州一兩月歸來與爾成親汝即吾家人第安心無恐言訖席捲其所有而以新婦呼王氏王氏佯應之勉爲經理曲盡慇懃舟人私

喜得婦然漸稔熟不復防閑將月餘值中秋節舟人盛設酒殽雅飲痛醉王氏伺其睡沉輕身上岸走二三里忽迷路四面皆水鄉惟蘆葦菰蒲一望無際且生自良家雙彎纖細不任跋涉之苦又恐追尋者至於是盡力而奔久之東方漸白遙望林木中有屋宇急往投之至則門猶未啓鐘梵之聲隱然少頃開關乃一尼院王氏徑入院主問所以來故王氏未敢以實對紿之曰妾真州人阿舅宦遊江浙挈家皆行抵在而良人没矣孀居數年舅以嫁永嘉崔尉次妻正

卷四
二十四

室悍戾難事箠辱萬端近者解官舟次于此因中秋賞月命妾取酒杯不料失手墜金盞于江必欲寘之死地遂逃生至此尼曰娘子既不敢歸舟家鄉又遠欲別求匹偶卒乏良媒孤苦一身將何所託王惟滿泣而已尼又曰老身有一言相勸未審尊意如何王曰若吾師有以見處即死無憾尼曰此間僻在荒濱人跡不到芰荷之與隣鷗鷺之與友幸得一二同袍皆五十以上侍者數人又皆淳謹娘子雖年芳貌美奈命蹇時乖盍若捨愛離痴悟身爲幻披緇削髮就

此出家禪榻佛燈晨飡暮粥聊隨緣以度歲月豈不勝於爲人寵妾受今世之苦惱而結來世之仇讐乎王拜謝曰是所志也遂落髮於佛前立法名妙圓王讀書識字寫染俱通不期月間悉究内典大爲院主所禮待凡事之巨細非王主張莫敢輒自行者而復寬和柔善人皆愛之每日於白衣大士前禮百餘拜密訴心曲雖隆寒盛暑弗替既罷即身居奥室人罕見其面向歲餘忽有人至院隨喜留齋而去明日持畫芙蓉一幅來施老尼張於素屏王過見之識爲英筆

因詢所自院主曰近日檀越布施王問檀越姓名今住甚處以何爲生曰同縣顧阿秀兄弟以操舟爲業年來如意人頗道其劫掠江湖間未知誠然否王又問亦嘗往來此中乎曰少到耳即默識之乃援筆題于屏上曰

少日風流張敞筆寫生不數今黄筌芙蓉畫出鮮妍豈知嬌艶色飜抱死生冤　粉繪淒凉餘幻質只今流落有誰憐素屏寂寞伴枯禪今生緣已斷願結再生緣

其詞蓋臨江仙也尼皆不曉其所謂一日忽在城有
郭慶春者以他事至院見畫與題悅其精緻買歸爲
清玩適御史大夫高公納麟退居姑蘇多慕書畫慶
春以屏獻之公置於內館而未暇問其詳偶外間忽
有人賣草書四幅公取觀之字格類懷素而清勁不
俗公問誰寫其人對是某學書公視其貌非庸碌者
即詢其鄉里姓名則蹙額對曰英姓崔字俊臣世居
真州以父蔭補永嘉尉挈累赴官不自慎重爲舟人
圖沉英水中家財妻妾不復顧矣幸幼時習水潛泅

波間度既遠遂登岸投民家而舉體沾濕了無一錢在身賴主翁善良易以裳衣待以酒飯贈以盤纏遣之曰既遭寇刼理合聞官不敢奉留恐相連累英遂問路出城陳告于平江路令聽候一年杳無消耗惟賣字以度日非敢請善書也不意惡扎上徹鈞覽公聞其語深憫之曰子既如斯付之無奈且留吾西塾訓諸孫寫字不亦可乎英幸甚公延入內館與飲英忽見屏間芙蓉泫然垂淚公怪問之曰此舟中失物之一英手筆也何得在此又誦其詞復曰英妻所作

公曰何以辨識曰識其字畫且其詞意有在真補婦所作無疑公曰若然當爲予任捕盜之責乎姑秘之乃館英於門下明日密召慶春問之慶春云買自尼院公即使宛轉詰尼得於何人誰所題詠數日報云同縣顧阿秀捨院尼慧圓題公遣人說院主曰夫人喜誦佛經無人作伴聞慧圓了悟今禮爲師願勿卻也院主不許而慧圓聞之深欲一出或者可以藉此復讐尼不能拒公命舁至俾夫人與之同寢處暇日問其家世之詳王飲泣以實告且白題芙蓉事曰盜

不遠矣惟夫人轉以告公脫得罪人洗刷前耻以下報夫君則公之賜大矣而未知其夫之故在也夫人以語公且云其讀書貞淑決非小家女公知爲英妻無疑屬夫人善視之畧不與英言公廉得顧居址出没之跡然未敢輕動惟使夫人陰勸王畜髪返初服又半年進士薛理溥化爲監察御史按郡溥化高公舊日屬吏知其敏手也且語溥化掩捕之敕牒及家財尚在惟不見王氏下落鞫訊之則曰誠欲留以配次男不復防備不期當年八月中秋逃去莫知所往

矣溥化遂寘之於極典而以原贓給英英將辭公赴任公曰待與足下作媒娶而後去非晚也英謝曰糟糠之妻同貧賤久矣今不幸流落他方存亡未卜且單身到彼遲以歲月萬一天地垂憐若其尚在或冀伉儷之重諧耳感公陰德乃然不忌别娶之言非所願也公悽然曰足下高誼如此天必有以相祐吾安敢苦逼但容奉餞然後起程翌日開宴路官及郡中名士畢集公舉杯告衆曰老夫今日爲崔縣尉了今生緣客莫諭公使呼慧圓出則英故妻也夫婦相持

大慟不意復得相見于此公備道其始末且出芙蓉屏示客方知公所云了今生緣乃英妻詞中何而慧圓則英妻改字也滿座爲之掩泣歎公之盛德爲不可及公贈英奴婢各一津遣就道英任滿重過吳門而公薨矣夫婦號泣如喪其親就墓下建水陸齋三晝夜以報而後去王氏因此長齋念觀音不輟真之才士陸仲暘作芙蓉屏歌以紀其事因錄以警世云

畫芙蓉妾忍題屏風屏間血淚如花紅敗葉枯梢兩蕭索斷縑遺墨俱零落去水奔流隔死生孤身

隻影成飄泊成飄泊殘骸向誰託泉下游魂竟不歸圖中艷姿渾似昨渾似昨姿心傷那禁秋雨復秋霜寧肯江湖逐舟子甘從寶地禮醫王醫王本慈憫慈憫憐羣品逝魄願提撕煢魂賴將引芙蓉顏色嬌夫婿手親攜花萎因折蔕幹死為傷苗藥乾心尚苦根朽恨難消但道章臺泣韓翊豈期甲帳遇文蕭芙蓉良有意芙蓉不可棄幸得寶月再團圓相親相愛莫相捐誰能聽我芙蓉篇人間夫婦休反目看此芙蓉真可憐

鞦韆會記

元大德二年戊戌孛羅以故相齊國公子拜宣徽院使奄都剌爲僉判東平王榮甫爲經歷三家聯住海子橋西宣徽生自相門窮極富貴第宅宏麗莫與爲比然讀書能文敬禮賢士故時譽翕然稱之私居後有杏園一所取春色滿園關不住一枝紅杏出墻來之意花卉之奇庭榭之好冠于諸貴家每年春宣徽諸妹諸女邀院判經歷宅眷於園中設鞦韆之戯盛陳飲宴歡笑竟日各家亦隔一日設饌自二月末至

清明後方罷謂之鞦韆會適遇福寧同僉帖木耳不花子拜住過園外聞笑聲於馬上欠身望之正見鞦韆競蹴歡鬨方濃潛於柳陰中窺之覩諸女皆絕色遂久不去爲閽者所覺走報宣徽索之亡矣拜住歸具白于母母解意乃遣媒於宣徽家求親宣徽曰得非窺牆兒乎吾正擇壻可遣來一觀若果佳則當許也媒歸報同僉飾拜住以往宣徽見其美少年心稍喜但未知其才學試之曰爾喜觀鞦韆以此爲題菩薩蠻爲調賦南詞一闋能乎拜住揮筆以國字寫之曰

紅繩畫板柔荑指東風燕子雙雙起誇俊要爭高更將裙牢繫牙床和困睡一任金釵墜推枕起來遲紗窗月上時

宣徽雖愛其敏捷恐是預搆或假手於人因盛席待之席間再命作滿江紅詠鶯拜住援筆以劉藤用漢字書呈宣徽宣徽喜曰得壻矣遂面許第三夫人女速哥失里為姻且召夫人并呼女出與拜住相見他女亦於窗隙中窺之私賀速哥失里曰可謂門闌多喜氣女壻近乘龍也擇日遣聘禮物之多詞翰之雅宣

傳都下以爲盛事拜住鶯詞附錄于此

嫩日舒晴韶光艷碧天新月正桃腮半吐鶯聲初試孤枕乍聞絃索悄曲屏時聽笙簧細愛綿蠻柔舌韻東風逾嬌媚　幽夢醒閑愁泥殘杏褪重門閉巧音芳韻十分流麗入柳穿花來又去欲求好友真無計望上林何日得雙棲心迢遞

既而同僉豪右竄籃不飾竟以墨敗繫御史臺獄得疾囹圄間以大臣例蒙疏放回家醫治未逾旬竟兩脚起闔室染疾盡爲一空獨拜住在然冰消瓦解財

散人云宣徽將呼拜住回家救而養之三夫人堅然不肯蓋宣徽內嬖雖多而三夫人者獨秉權尊寵見他姬女皆歸富貴之門獨已壻家反凋弊如此決意悔親遠哥失里諫曰結親卽結義一與訂盟終不可改兒非不見諸姊妹家榮盛心亦慕之但守緣爲定見神難欺豈可以其貧賤而棄之乎父母不聽別議平章澗闊出之子僧家奴儀文之盛視昔有加暨成婚遠哥失里行至中道潛解脚紗縊於轎中比至而死矣夫人以其愛女與回悉何家奩及夫家聘物殮

之塹寄清安僧寺拜住聞變是夜私往哭之且扣棺曰拜住在此忽棺中應曰可開柩我活矣周視四隅漆釘牢固無由可啓乃謀於僧曰勞用力開棺之罪我一力承之不以相累當共分所有也僧素知其厚殮亦萌利物之意遂斧其蓋女果活彼此喜極乃脫金釧及首飾之半謝僧計其餘尚直數萬緡因託僧買漆整棺不令事露拜住遂挈速哥失里走上都住一年人無知者所携豐厚兼拜住又教蒙古生數人復有月俸家道從容不期宣徽出尹開平下車之始

即求館客而上都儒者絕少或曰近有士自大都挈家寓此亦色目人設帳民間誠有學問府君欲覓西賓惟此人爲稱亟召之則拜住也宣徽意其必流落久矣而人物整然恠之問何以至此且娶誰氏拜住實告宣徽不信命舁至則真速哥失里一家驚動且喜且悲然猶恐其鬼假人形幻惑年少陰使人詰清安詢僧其言一同及發殯空櫬而已歸以告宣徽夫婦愧歎待之愈厚妝爲贅壻終老其家拜住二子長教化仕至遼陽等處行中書省左丞早卒次子怯古

歹納子黑廝俱爲内怯薛帶御器械作古歹先死黑廝官至樞密院使天兵至燕順帝御清寧殿集三官后妃皇太子同議避兵黑廝與丞相失列門哭諫曰天下者世祖之天下也當以死守不聽夜半開建德門而遁黑廝隨入沙漠不知所終

剪燈餘話卷之四